나 에 게 만 들 리 는
별빛 칸타빌레 2

나에게만 들리는

별빛 칸타빌레

2

팀 보울러 장편소설 • 김은경 옮김 ∙∙∙∙∙∙∙∙∙∙∙∙∙∙∙∙∙∙∙∙∙∙∙∙∙∙

STARSEEKER

17

문 앞의 실루엣이 루크를 말끄러미 쳐다봤다. 마치 피아노 앞에 앉은 그가 보이기라도 하는 듯. 그러나 루크는 상대방이 자신을 볼 수 없다는 사실을 알고 있었다. 소녀는 두 눈을 크게 뜨고 자리에 붙박인 듯 서 있었다. 말을 하지도 않고, 머리를 움직이지도 않았으며 눈조차 깜빡이지 않았다. 그저 문 앞에 덩그러니 서 있었다. 루크는 최대한 부드럽게 말했다.

"안녕, 나탈리."

그 말에 나탈리가 곧바로 반응을 보였다. 겁이 났는지 갑자기 문 밖으로 몸을 뺐다. 거실 밖에서 목소리가 들려왔다. 리틀 부인이 나탈리에게만 사용하는 부드러운 어투의 목소리다.

"아가, 괜찮아. 그냥 친구란다. 아주 좋은 친구. 지금까지 들은 게 그 친구가 연주한 거야. 자, 우리 같이 가서 더 연주할 건지 물어볼까?"

밖에서 훌쩍이며 우는 소리와 여기저기 왔다 갔다 하는 가벼운 발소리가 들렸다. 나탈리는 여전히 아무 말도 없었지만 루크에 대한 그 아이의 두려움은 고스란히 전해졌다. 루크는 아까 인사말을 건넸을 뿐 뭘 어떻게 해야 할지 아무것도 몰랐다. 뭔가 좋은 방법이 없을까 생각하는데 확실한 답이 하나 떠올랐다. 그리고 다시 연주를 시작했다. 이번에는 라벨의 〈죽은 왕녀를 위한 파반느Pavane pour une infante défunte〉였다. 나탈리만큼 어렸을 때 연주한 이후로 한 번도 다시 연주한 적 없지만 곡은 또렷이 기억하고 있었다. 곡의 멜로디가 애처로운 데다 죽은 아이를 추억하며 작곡된 곡이라서 망설여졌지만, 묘하게도 지금 느끼는 감정이 잘 표현된 곡 같았다. 그는 연주하는 동안 사고로 잃어버린 소녀의 시력을 떠올리며 회복이 가능할지 생각했다. 첫 소절부터 마법처럼 고요해지는 2절에 이르기까지 그렇게 큰 방에 홀로 남아 연주했다. 그러다 불현듯 곁눈질을 했는데 문 쪽에서 다시 기척이 느껴졌다.

루크는 계속 연주하면서 문 쪽을 쳐다봤다. 나탈리가 아까처럼 거기 서 있었다. 이번에는 바로 뒤에 리틀 부인도 함께였다. 노파는 그의 눈을 바라보며 손가락 하나를 입술에 갖다 댔다. 그는 그렇게까지 주의를 줄 필요는 없다고 느꼈지만 고개를 끄덕였다. 어쨌든 아직은 말을 하지 말아야겠다고 생각했던 터였다. 다시 곡에 집중하면서 점점 더 곡을 음미하며 연주했다. 다시 한 번 어깨 곁에 누군가 있는 느낌을 받았지만 이번에는 마음이 별로 동요되지 않았다. 오히려 편안해지기까지 했다. 마치 아빠가 곁에 서서 그가 연주하는 모습을 지켜보는 것 같았다. 인생이 평화롭고 순조로웠던 시절에 흔히 그랬던 것처럼. 연주가 너무 빨리 끝나는 것 같아 아쉬웠다. 마지막 화음을 천천히 연주하고 건반에서 손을 내려놓자 온 세상이 고요해졌다. 문가에 서 있는 두 사람도 입을 열지 않았다. 루크가 가만히 앉아서 기다리자 나탈리가 움직였다. 나탈리가 벽을 손으로 짚어가며 자신을 향해 머뭇머뭇 천천히 걸어왔고, 루크는 그 모습을 잠자코 지켜봤다. 리틀 부인이 한 손을 아이 어깨 위에 얹고 뒤에 바짝 붙어 따라왔다. 그러면서 그의 눈을 다시 쳐다보며 고갯짓으로 피아노를 가리켰다.

다시 연주가 시작됐다. 이번에는 그리그의 〈녹턴Nocturne〉을 아주 천천히 연주했다. 나탈리가 바로 몇 발자국 옆까지 와 있었다. 멈칫멈칫 그에게 다가온 나탈리는 이제 손만 뻗으면 닿을 만큼 가까이 다가왔다. 연주를 하면서 흘긋 시선을 돌리니 아주 가까이에 아이가 있었다. 긴장도 되고 다시 겁을 먹지 않을까 걱정도 됐다. 곡의 경쾌한 부분에 이르렀을 때 원래 곡처럼 점점 세게 연주하는 대신 훨씬 더 천천히 연주했다. 소리가 너무 크고 강렬하면 나탈리가 다시 서재에서 나갈 것 같은 기분이 들었기 때문이다. 나탈리는 이제 가만히 서서 눈을 크게 뜨고 그를 바라보고 있다. 루크가 자신을 또렷이 볼 수 있는 것처럼 자신도 그를 또렷이 볼 수 있다는 듯. 리틀 부인은 여전히 손을 나탈리 어깨 위에 얹고 그 뒤에 서 있었다. 루크는 나탈리가 놀랄까 봐 나지막하게 주선율을 반복해서 연주하다가 절정까지 연주하고 나서 천천히 마지막 부분을 마무리했다. 곡이 끝나갈 무렵 나탈리가 루크를 향해 다가왔다.

리틀 부인은 어깨에 얹었던 손을 거두고 가만히 서서 나탈리를 지켜봤다. 나탈리는 몇 발짝 더 걸어가 루크 바로 앞에 섰다. 루크는 움직이지도 않고 아무 말도 하지 않았다. 그저 지켜보며 기다렸다. 나탈리는 처음에는 가만히 서서 그가 있는 쪽을 멀거니 응시하더니 피아노 쪽으로 손을 뻗었다. 뒤이어 손으로 건반을 찾았고 손가락으로 흰 건반을 죽 훑으며 검은 건반도 조심스럽게 더듬었다. 그러다가 손을 그대로 건반에 얹어놓은 채 가만히 그의 얼굴 쪽을 응시했다. 루크는 나탈리가 자신이 얼마나 가까이에 있는지 알고 있다고 확신했다. 나탈리가 갑자기 건반 하나를 눌렀다. 가운데 '도' 음이었다. 그러더니 피아노에서 손을 떼어 그를 향해 뻗었다.

루크는 움직이지 않고 가만히 지켜봤다. 나탈리가 손가락으로 자기 팔을 만지는 게 느껴졌다. 손가락은 가늘고 부드러웠지만 놀라울 정도로 단단했다. 나탈리는 이 이상한 사람이 어떻게 생겼는지 어렴풋이라도 보겠다는 듯 두 눈알을 이리저리 굴리다가 손을 그의 얼굴로 가져가 볼을 어루만졌다. 애정이 아니라 단지 호기심일 뿐이었지만 어쨌거나 피부에 닿는 손가락의 느낌은 보드랍고 기분 좋았다. 손가락을 그의 입에 갖다 대더니 입 주변을 천천히 만졌고, 코와 미간과 이마를 만졌으며, 이어서 왼쪽 귀를 만졌다. 그러더니 갑자기 킬킬거리며 웃기 시작했다. 루크는 나탈리가 왜 웃는지 얼핏 짐작하면서도 예기치 못했던 상황에 어떻게 반응해야 할지 몰라 당황했다. 나탈리는 그의 다른 쪽 귀를 어루만지면서 다시 킬킬거리며 웃었다. 루크는 리틀 부인 쪽을 바라봤지만 이런 상황에 어떻게 대처해야 할지 그 방법에 대한 힌트는 찾아볼 수 없었다. 그래서 모험을 감수하고 다시 말을 하기로 했다.

"귀가 웃기니?"

루크가 부드러운 목소리로 말했다.

나탈리는 대답하지 않았지만 도망가지도 않았다. 그 대신 귀를 만지면서 다시 킬킬거렸다.

"내 귀가 어떤데?"

답 없는 나탈리를 향해 한번 더 이야기했다.

"난 괜찮은 편이라고 생각하는데, 안 그래?"

나탈리는 왼쪽 귀에 이어 오른쪽 귀를 계속 만지작거렸다. 루크는 망설이다가 손을 뻗어 나탈리의 귀를 아주 가볍게 만졌다. 나탈리가 움찔 뒷걸음을 치면서 몸을 돌렸는데 얼굴에는 두려움이 가득했다. 그는 억지로 킬킬 웃으면서 재빨리 그가 낼 수 있는 가장 다정한 목소리로 말했다.

"나탈리, 네 귀도 우스운 것 같은데."

나탈리는 얼어붙은 채로 몸을 홱 돌렸지만 루크에게서 더 멀리 달아나지는 않았다. 그는 목소리를 낮추고 말했다.

"자, 나탈리, 우리 다음에는 무슨 곡을 연주할까?"

나탈리는 그 자리에 가만히 서서 입을 꼭 다물고 아무 말도 하지 않았다.

"난 알지, 이건 네가 좋아할 만한 곡이야."

그는 맥도웰의 〈들장미에게To a Wild Rose〉를 골랐다. 은은하고 간결한 곡이라 지금 나탈리에게 연주해주면 좋을 것 같았다. 그는 나탈리를 흘긋 쳐다봤다. 나탈리가 그에게 다시 몸을 돌리더니 눈알을 굴리며 방 안을 잽싸게 둘러봤다. 마치 건반에서 빛이 나온다고 생각하는 것처럼 보였다. 그는 연주를 계속했고 이내 나탈리가 다시 가까이 다가오는 모습을 봤다. 그리고 그의 팔에 손을 얹는 걸 느꼈다. 나탈리를 다시 쳐다봤다. 이번에는 팔부터 얼굴까지 만지지 않고 그냥 그의 팔에 손을 놓아두고 싶은 모양이었다. 신경이 쓰이긴 했지만 멈추지 않고 계속 연주했다. 건반 위에서 그의 팔이 움직이자 나탈리의 손도 조금씩 따라 움직였다. 연주는 끝났지만 나탈리는 팔 위의 손을 치우지 않았다. 그는 충동적으로 한쪽 팔을 그 아이의 어깨에 얹었다. 놀랍게도 나탈리는 피하지 않고 오히려 곧바로 그에게 다가섰다. 뒷걸음질 치거나 도망갈 거라는 예상을 깨고 아이는 더 가까이 그의 몸에 바싹 달라붙었다.

리틀 부인이 말했다.

"넌 너무 믿는구나."

그는 그 말에 담긴 무언의 압력을 느끼면서 곧바로 대답했다.

"상처주지 않을게요. 걱정하지 마세요."

그는 이 노파가 무슨 생각을 하는지, 이런 상황을 원했던 건지 궁금했지만 표정만 봐서는 속을 알 수가 없었다. 리틀 부인은 그를 잠시 쳐다보다가 손을 뻗어 나탈리의 머리카락을 어루만지며 물었다.

"나탈리, 그 애가 좋니?"

어린 손녀는 대답하지 않고 루크에게 더 달라붙었다. 루크가 그 아이를 쳐다보며 말했다.

"나탈리, 넌 아직 내 이름을 모르지? 내 이름 알고 싶니?"

나탈리가 그를 쳐다보면서 처음으로 입을 뗐다.

"우스운 귀."

18

루크는 나무 위 집 바닥에 드러누워 하늘을 멀거니 올려다봤다. 시퍼런 하늘 위에 구름이 몇 조각 떠 있었다. 구름은 전혀 움직이지 않았지만 그의 생각은 빠르게 돌아갔다. 우스운 귀. 나탈리는 그의 귀가 웃기다고 말했다. 어쩌면 그를 그렇게 부른 건지도 몰랐다. 늘 이상한 소리를, 그러니까 기묘한 소리를 듣는 루크에게 그런 별명은 나쁘지 않았다. 하지만 지금 그의 감각을 온통일깨우는 건 어떤 소리가 아니라 아까 어깨 곁에서 느꼈던 이상한 존재다. 그 존재는 어느 한 곳에 머무르는 게 아니라 항상 근처 어딘가에 있다는 느낌이었다. 그는 그 존재가 아빠라고 되뇌었다. 상상이래도 상관없었다. 아빠는 아주 먼 곳에 있고 자기에대해 생각조차 못하리라는 사실을 너무도 잘 알았지만, 그렇게 상상하는 것만으로도 기분이 좋아졌다. 고개를 돌려 주위를 돌아봤다. 여느 때처럼 아무것도 보이지 않았다.

"왜 안 보이는 거죠? 네? 왜 안 보이는 거냐고요?"

루크는 혼잣말을 했다. 바로 옆에 아빠가 누워 있다고 상상하며 아빠의 얼굴을 그려봤다.

대답 대신 나뭇잎 서걱거리는 소리만 들렸다. 루크는 텅 빈 공간에 대고 말했다.

"어쩌면 아빠가 아닐지도 몰라. 다른 사람일지도 모르지. 아니, 아무것도 아닌데 그냥 내가 상상한 건지도 몰라. 그냥 허공에 대고 말하는 건지도."

하지만 그렇게 말하면서도 자신이 옳지 않다는 사실을 감지했다. 그 존재가 무엇이든, 누구든 루크는 그 존재가 위험하게 느껴지지 않았다.

문득 시계를 보니 세 시였다. 그랜지에서 나와서 두 시간째 이곳에 누워 있었는데 이제는 가야 할 때가 됐다. 방과 후에 곧장 미란다네 집에서 연주회 연습을 하기로 했다. 미란다가 통학버스에서 내려서 집으로 돌아갈 시간에 맞춰 토비저그에 가야 했다. 미란다를 만나지 않으면 그 애가 집에 전화를 해서 내게 무슨 일이 있는지 물을 것이다. 그러면 엄마는 아들이 무단결석했다는 걸 알게 될지 모른다. 그는 나무에서 내려와 숲길을 되돌아갔다. 여전히 옆에서 그 기묘한 존재가 느껴졌다. 다시 그랜지 앞 길을 지나는데 나탈리나 리틀 부인의 모습이 보이지는 않았다.

루크는 오르막길의 맨 위에 도착해서 마을방향으로 난 넛부시 길로 들어섰다. 세 시 반이다. 시간을 잘 맞춰야 했다. 너무 일찍 광장에 도착하면 그러브 양처럼 참견하기 좋아하는 사람들이 그가 오늘 결석했다는 걸 눈치챌 것이다. 통학버스가 도착하는 시간에 딱 맞추면 스킨 패거리와 마주칠 수밖에 없다. 그렇다고 너무 늦게 도착하면 미란다가 그의 집에 전화를 할 것이다. 광장에 조금 빨리 도착해서 교회 묘지 근방에 숨어 있다가 버스가 도착하고, 스킨 무리가 가고 나면 최대한 빨리 토비저그로 움직여야 했다. 아침에 그랬던 것처럼 스토니힐코티지를 지나 마을로 돌아가기로 결정했다. 유일한 난관은 로저 길모어 씨의 집 앞을 몰래 지나는 일이다. 하지만 막상 그곳에 당도했을 때 그는 걱정했던 것보다 훨씬 더 큰 문제와 마주치고 말았다.

그 집 앞에 엄마 차가 주차되어 있는 게 아닌가. 저절로 인상이 찡그려졌다. 뭐가 그리 급하다고 집에서 채 십 분도 안 걸리는 거리를 차를 타고 왔단 말인가. 그 아저씨를 보는 게 그렇게 급한 일이란 말인가. 그는 엄마가 여기에 온 지 얼마나 됐을지 궁금했다. 몇 시간? 아니 어쩌면 하루 종일 있었는지도 모른다. 그는 단층집을 혐오스럽게 노려보다가 부엌에서 어떤 움직임을 포착했다. 창문 바로 안쪽에 누군가 있었다. 아니 두 사람이 가까이, 아주 가까이 서 있었다. 몸이 오스스 떨리면서 마음속에서 목소리가 들려왔다. 이곳을 지나가지 말고 넛부시 길로 돌아가라는. 하지만 그의 몸은 마음과 달리 이미 단층집 가까이로 움직였다. 어깨 곁에 머물던 존재가 바짝 다가오는 느낌이 들었다. 그리고 목소리가 다시 들렸다. 돌아가, 돌아가라니까. 그러나 그의 마음은 흥분으로 가득 찼다. 소리를 지르며 달려가 창가에 돌이든 바위든, 그게 뭐든 닥치는 대로 던지고 싶은 마음을 주체할 수 없었다. 집 쪽으로 더 다가가 씨근거리면서 울타리 앞에 멈춰 섰다. 그리고 두 사람이 고개를 돌려 자기를 바라보기를 기다렸다. 하지만 두 사람은 그러지 않았다.

교회 묘지 담벼락 옆에 구부정하게 앉아 있는 루크를 발견한 미란다가 다가왔다.

"루크? 괜찮아?"

미란다가 옆에 앉으며 물었다.

그는 아무 말도 하지 않았다. 미란다를 알아보지도 못했다. 그의 눈에는 그가 잊고 싶은 마음속 영상만 보였다.

미란다가 그의 어깨에 팔을 얹었다.

"루크? 어디 아픈 거야? 오늘 학교에도 안 왔잖아."

"안 아파."

"토비저그에도 안 오고. 그래서 어떤 생각이 들었냐면……."

"내가 또 바람맞혔다고 생각했겠구나."

"지난번에는 바람맞힌 게 아니잖아. 어쨌든 나타났으니까."

미란다는 말없이 그를 잠시 바라봤다.

"무슨 일이 생겼는지도 모른다는 생각이 들어서 널 찾으러 나와본 거야. 전화하고 싶었지만 네가 곤란해질지도 모른다는 생각이 들어서……. 그러니까, 네가 결석한 걸 너희 엄마가 모르실까봐. 그러니까……."

그때 갑자기 그의 눈에서 눈물이 흘러내렸다. 기분은 더 엉망으로 변했다. 미란다 앞에서 울다니. 얼마나 나약한 남자라고 생각할 것인가. 모두가 그렇게 생각하리라. 그리고 실제로도 자신은 너무 나약했다. 아주 형편없이 나약했다. 미란다는 그가 곤란한 상황에 빠지지 않도록 눈치 빠르고 배려 있게 행동했는데 자기는 이렇게 울기만 하다니. 미란다가 자기를 내버려두고 가버려도 탓할 수 없으리라. 하지만 놀랍게도 미란다는 그를 끌어당겨 가만히 안아주었다. 그리고 그가 울음을 그치자 안았던 팔을 풀었다.

"스킨 패거리 때문에 그러는 거야? 그 애들이 너한테 무슨 짓을 한 거니?"

미란다가 물었다.

"아직은."

"그게 무슨 말이야?"

"별 말 아니야. 어쨌든 그 애들 때문은 아니야. 지금은 그래."

"그러면?"

그는 흐릿한 눈으로 미란다를 처다보았다.

"잃었어."

"무엇을?"

"엄마, 엄마를 잃었어. 그 아저씨 때문에. 이미 아빠도 잃었는데 이제 엄마까지 잃어버렸어."

"그게 무슨 말이야, 무슨 일인데?"

"두 사람을 봤어. 안 봤어야 했는데. 나도 알아. 오늘 학교에 안 간 이유는 말할 수 없지만 네가 비밀을 꼭 지켜줬으면 좋겠어."

미란다가 싫다는 뜻을 내비칠 거라고 예상했지만 미란다는 그를 말끄러미 처다보며 조용히 귀를 기울였다. 그가 말을 이었다.

"두 사람을 봤어. 스토니힐코티지 밖에 서 있었는데 부엌 창문을 통해 보였어. 입 맞추고 있었어. 가벼운 키스가 아니라……."

루크는 그 모습이 다시 생각나 고개를 저었다. 미란다가 그의 어깨에 다시 팔을 얹었다.

"두 분도 널 봤니?"

"아니. 서로 너무 열중해 있었어."

"너는 얼마나 거기 있었는데? 그러니까, 얼마나 지켜봤는데?"

"오랫동안."

루크가 머리를 흔들었다.

"키스를 하고 또 하고 또 했어. 그리고 부엌을 나갔어."

그가 얼굴을 찌푸렸다.

"두 사람이 어디로 갔는지 알아. 커튼 치는 걸 봤거든."

"그래서 넌 어떻게 했는데?"

"그냥 달렸어."

루크의 눈에서 눈물이 다시 흘렀다.

"바보 같은 소리지만 전에는 그런 걸 본 적이 없어. 그러니까…… 키스했을 거라는 생각은 했지만…… 내 앞에서는 그러지 않았거든."

그는 입을 다물었다. 미란다가 그의 팔을 꽉 잡았다.

"그렇게 불쾌했니?"

"아니."

루크가 얼굴을 손에 파묻었다.

"그게 문제야. 무슨 말인지 알겠어? 나는 전혀 불쾌하지 않았다고. 그 아저씬…… 엄마한테 다정해. 정말로…… 무지 무지…… 다정해."

그가 침을 삼켰다.

"그런 모습을 보는 게 견디기 힘들어."

미란다가 그를 가까이 끌어당겼다.

"루크?"

"응?"

"로저 아저씨는 좋은 분이야."

"아빠도 좋은 분이었어."

"그건 나도 알아."

그는 손에 파묻었던 얼굴을 들어 아빠의 묘를 그윽이 바라봤다. 미란다가 다시 말했다.

"만일 네 아빠가 여기 계신다면, 엄마랑 로저 아저씨가 만나는 걸 어떻게 생각하실까? 물어보면 어떤 대답을 들을 거 같아?"

루크는 주위를 둘러봤다. 나무 위 집에 있을 때처럼 아무것도 보이지 않았다. 어깨 곁에 머물던 그 존재도 사라지고 없었다.

"아빠는 여기에 없어. 그런 질문이 무슨 소용이야?"

루크가 퉁명스럽게 말했다.

"알아, 그렇지만 그냥 상상해봐."

그러자 루크는 더욱 날카롭게 말했다.

"여기에 없다니까! 알겠어? 여기에 없다고. 어디에도 없어. 이 세상을 떠났으니까. 죽으면 다 그렇게 되잖아. 사라져버린다고. 이곳을 떠나버리잖아."

그는 난처해하는 미란다의 얼굴을 보고는 재빨리 목소리를 누그러뜨렸다.

"미안해."

"괜찮아."

"너한테 짜증내려던 건 아니었어."

"괜찮아. 정말로."

"괜찮지 않아. 내가 심했어."

그는 시선을 돌려 묘지를 바라보며 다시 말했다.

"미안해."

"계속 미안하다고 하지 마. 괜찮다니까."

그는 심호흡을 하고 마음을 진정시키려고 길게 숨을 내쉰 다음, 침착한 목소리로 말했다.

"그럼…… 우리 연습하러 갈까?"

"연습? 하고 싶어? 집에 가지 않아도 돼?"

"집에?"

그는 자리에서 일어나 다리에 붙은 풀을 털어내고 손을 뻗어 미란다를 일으켰다.

"도대체 내가 왜 집에 가고 싶겠어?"

토비저그에서 돌아왔을 때 엄마는 거실에 있었다. 아빠의 오래된 안락의자에 앉아서 텔레비전 소리를 끝까지 줄여놓고 멀거니 멀리 있는 벽을 바라보면서. 그가 다가오자 엄마가 뒤를 돌아보며 말했다.

"여섯 시 반이다, 루크."

"미란다네 집에 있었어. 같이 연습했거든."

루크는 소파 가장자리에 앉았다.

"통학버스에서 내려서 곧장 토비저그로 간다고 말했잖아."

"그래, 알아."

엄마는 더 이상 그 얘기를 하기 싫다는 듯 고개를 돌렸다. 그는 말없이 엄마를 바라보다가 잠시 당혹감을 느꼈다. 스토니힐코티지에서 보았던 사람과 여기 앉아 있는 사람은 마치 다른 사람 같았다. 그가 혼란스러웠기 때문만은 아니었다. 엄마에게 뭔가 이상한 기운이 감돌았다. 눈빛이 흐릿했고 몹시 심란해 보였다.

"전화가 왔었어."

루크는 순간 학교와 셜 선생을 떠올렸지만 그의 생각은 보기 좋게 빗나갔다.

"전화가 세 번 왔어. 모두 오늘 오후 다섯 시에서 여섯 시 사이에. 전처럼 말이야. 전화가 울려서 받으면 아무 말 않고 있다가 끊어버리는 거야."

루크는 안도감인지 불안감인지 모를 감정을 느꼈지만 드러내지 않으려고 애썼다.

"발신자번호 추적해봤어?"

"그래. 근데 소용없어. 없는 번호야."

"할 일 없는 어떤 미치광이 짓인가 보네."

"제이슨 스키너 아니면 그 문제아들 중 한 명이겠지."

루크는 아무렇지도 않은 표정을 지으려 애썼지만 생각의 끈은 다시 그랜지에 가 닿았다. 무슨 일이 있는 걸까? 리틀 부인이 건 전화일 텐데, 그럼 나탈리에게 무슨 일이 생겼다는 말인데……. 엄마가 생기 없는 목소리로 다시 말했다.

"루크, 무슨 일 있는 거니?"

"아무 일도 없어."

"엄마한테 거짓말하지 마. 제발 거짓말은 하지 마. 엄만 바보가 아니야."

"거짓말 아니야. 아무 일도 없다니깐."

"그럼 그 이상한 전화는 뭐니."

"내가 뭘 어쨌다고 그래. 나랑은 상관없는 일이야."

"정말이니?"

"응."

엄마는 눈살을 찌푸렸다.

"너 요즘 계속 밖으로 나돌잖아. 어디 가는지 말도 안 하고 말이야."

"미란다 얘기는 했잖아."

"그렇긴 하지."

엄마가 한숨을 쉬었다.

"그래, 미란다 얘기는 했지. 그렇지만 엄마한테 거의 아무 얘기도 하지 않잖아. 엄마는 네가 어디에 가는지 그리고 언제 들어오는지 전혀 모를 때가 많아. 심지어 네가 들어온 건지 어떤 건지 모를 때도 있어."

루크는 창가로 걸어가 잠시 밖을 내다보다가 몸을 돌려 엄마를 쳐다봤다. 이 대화는 뭔가 이상했다. 평소의 말다툼과는 분명히 달랐다. 뭔가 잘못된 게 분명한데 이건 자기만의 문제가 아니었다. 루크는 깜빡깜빡 빛을 내뿜는 텔레비전 화면을 쳐다보며 말했다.

"소리는 왜 꺼놓은 거야?"

"뉴스 보려고 틀었다가 듣기 싫어져서."

"그럼 아예 꺼버릴 것이지."

엄마는 슬픈 눈으로 아들을 바라보다가 리모컨을 집어 버튼을 눌렀다.

"이제 됐니?"

엄마의 목소리에는 비난과는 다른 뭔가가 담겨 있었다. 그로서는 이해 못할 어떤 슬픔이. 그때 엄마가 다시 말을 꺼냈다.

"로저 씨와 끝냈다."

"뭐라고요?"

"로저 씨와 끝냈다고."

"언제?"

"오늘. 오늘 오후에. 네가 학교 갔을 때."

엄마가 힘없이 미소를 지어 보였다.

"이제 끝났다. 알겠니? 모두 끝났어."

루크는 너무 놀라 할 말을 잃은 채 엄마를 망연히 쳐다봤다. 설마 아니겠지. 말이 안 됐다. 그가 그 집 앞에서 도망치듯 달려 나간 다음에 뭔가 끔찍한 일이 일어나지 않은 이상. 엄마는 그를 잠시 지켜보다가 하품을 하며 말했다.

"우리 좀 걸을까?"

"별로 내키지 않는데."

엄마는 그의 대답과는 상관없이 자리에서 일어났다.

"난 좀 걷고 싶구나. 돌아와서 저녁 차려줄게. 오래 걸리지는 않을 거야. 배가 고프거든 빵 챙겨 먹고."

"엄마……"

루크는 무슨 말을 하고 싶은 건지도 모른 채 엄마를 불러 세웠다. 뒤돌아본 엄마의 얼굴은 우울하고 슬퍼 보였다.

'아침만 해도 그리그의 곡을 흥얼거렸는데, 그때 엄마는 참 행복했던 것 같은데.'

"엄마, 그 아저씨가…… 그러니까…… 엄마한테 뭔가 몹쓸 짓이라도 한 건 아니고? 손찌검 같은 거라든가."

엄마는 기운 없이 웃었다.

"아니, 손찌검도 안 했고, 몹쓸 짓도 안 했고, 욕 같은 것도 안 했고, 무례하게 굴지도 않았어. 사실……"

엄마가 입술을 깨물었다.

"로저 씨가 엄마한테 잘못한 건 전혀 없어."

"그런데 왜? 무슨 일이 있었던 거야?"

"아무 일도 없어."

엄마는 손을 뻗어 아들의 볼을 어루만졌다.

"네가 걱정할 일은 아무 것도 없어. 로저 씨한테 화낼 일도 전혀 없고. 정말 좋은 분이야, 알겠니? 이제 그분을 미워하지 마."

엄마는 몸을 숙여 아들에게 입 맞추었다.

"곧 올게."

"나도 같이 가."

"싫다면서……."

"마음이 바뀌었어."

두 사람은 마을 외곽 쪽을 향해 길을 나섰다. 광장 쪽이 아니라서 안심이었다. 광장 쪽으로 가려면 스킨네 집을 지나가야 했다. 평소 엄마는 주로 광장 쪽 길로 산책을 나갔다. 아빠가 살아 있을 때도 셋이서 주로 그 길을 산책했었다. 하지만 오늘은 다른 길로 산책을 가는 게 그렇게 다행스러울 수 없었다. 저녁 공기가 따스하고 기분 좋게 피부에 감겨들었고 빌 폴리 씨네 들판에는 은은한 붉은 빛이 드리웠다. 머리 위로 말뚱가리 한 마리가 저녁햇살을 가르며 날아다녔다. 엄마는 천천히 걷기만 했다. 루크는 나탈리와 리틀 부인을, 스킨을 그리고 아빠를 생각하다가 로저 길모어 씨와 관련된 이 상황을 생각해보았다. 뭘 생각해도 모두 문제투성이였다. 더구나 그때 그 파도 소리가 다시 들려와 그의 혼란스러움을 가중시켰다. 집을 나선 순간부터 들리던 그 소리는 처음에는 낮은 웅얼거림으로 시작되었다가, 귀에 익숙한 우르릉거리는 소리로 바뀌더니 이제는 거대한 소리의 소용돌이처럼 머릿속을 울려댔다. 그는 엄마가 자기를 당혹스럽게 쳐다보는 모습을 바라보았다.

"왜?"

그가 물었다.

"이상해서."

"뭐가 이상한데?"

"네 아빠도 그랬거든."

"뭘 말이야?"

"뭔가 예사롭지 않은 소리를 들을 때면 늘 눈을 살짝 가늘게 떴어."

루크는 이 이상한 파도 소리에 정신을 빼앗겨서 아무 말도 할 수 없었다. 소리는 자기 마음속뿐만 아니라 바깥에도, 그러니까 온 주변 곳곳에 존재하는 것 같았다. 엄마는 손으로 아들의 팔을 휘감았다.

"넌 아빠를 많이 닮았어. 심지어 같은 소리도 듣잖니."

"그걸 어떻게 알아?"

"그냥 알아. 너처럼 그런 소리를 듣지는 못하지만 네가 여러 소리들을 듣는다는 건 알고 있어. 넌 아빠랑 닮았으니까. 아빠도 그렇다고 말씀하셨어."

"난 아빠한테 말한 적 없는데."

"말하지 않았어도 아빠는 알았어."

두 사람은 두 갈래로 갈라지는 길에 이르렀다.

"왼쪽 아님 오른쪽?"

엄마가 물었다.

"둘 다 싫어."

대답과 함께 고갯짓으로 들판으로 이어지는 맞은 편 울타리를 가리켰다.

"좋아."

두 사람은 울타리 문에 기대어 들판을 바라봤다. 저 멀리서 한가롭게 풀을 뜯어먹던 소떼가 두 사람을 말끄러미 올려다보다가 다시 풀을 뜯었다.

"네가 왜 이곳을 좋아하는지 알아."

엄마가 말했다.

"아빠 얘기구나."

"그래."

엄마가 소리 없이 웃었다.

"네 아빠도 이 문에 기대는 걸 좋아했잖니?"

엄마는 한쪽 팔을 아들에게 둘렀다.

"넌 네 아빠를 아주 많이 닮았어. 네 아빤 항상 묘한 소리를 들었지. 한밤중에 깨어나보면 네 아빠는 눈을 감고 온몸이 굳은 듯 전혀 움직이지 않고 누워 있곤 했어. 엄만 네 아빠가 뭔가에 귀를 기울이고 있다는 걸 알았지. 그러면 난 조용히 네 아빠한테 팔을 두르고 무슨 소리를 듣고 있냐고 물었어."

"아빠가 뭐래요?"

"그때그때 달랐어. 워낙 다양한 소리를 들었으니까. 종소리나 징 소리를 듣기도 했고 어떤 때는 관악기 소리나 하프 같은 현악기 소리, 아니면 윙윙거리는 소리나 세찬 물 소리를 들었지. 또 어떤 때는 진짜 음악 소리를 듣기도 했고. 이미 알고 있는 곡을 듣거나, 아니면 전에 한 번도 들어본 적 없는 멜로디나 화음도 들었어. 네 아빠가 듣는 소리는 수도 없이 많았어. 하지만 가장 자주 들은 건 깊은 웅얼거림이나 세찬 파도 소리였지. 그게 다른 모든 소리를 합쳐놓은 소리고, 모든 소리 중 가장 강력하다고 그랬어. 너네 아빠는 그 소릴 엔진이라고 불렀지."

"엔진?"

"그 소리를 들으면 왠지 엔진이 떠올랐던 모양이야. 하지만 네 아빠는 그 소리에 뭔가가 더 있다고 말했어. 좀 묘한 뭔가가."

엄마는 이 말을 하고는 아들을 바라봤다.

"그건 우주를 만들고 지금까지 지속하게 만든 원동력이라고 했어. 그 소리는 우리가 듣지 못해도 항상 존재하고 절대로 사라지지 않는다고도 했지. 엄만 그 소리가 좀 기묘하다는 것만 알아. 네 아빠가 그렇게 말했으니까. 그런데 그게 사실인지 아닌지는 모르겠어. 직접 들은 게 아니니까. 하지만 너희 아빤 그 소리를 들었지. 그리고 너 역시 듣고 있다는 걸 엄마는 알아."

파도 소리는 멈추지 않았고 그렇게 생각하니 정말로 엔진 소리처럼 들렸다. 루크도 전에 그 소리가 엔진 소리 같다고 느낀 적이 있었다. 아빠도 같은 단어를 사용했다는 사실을 알게 되니 마음이 편안해졌다.

"하지만 네 아빠 자기가 듣는 소리에 대해 말을 많이 하는 걸 좋아하지 않았어. 나 아니면 하딩 선생님한테만 그 얘길 했었지."

"하딩 선생님?"

"그래, 두 사람은 꽤 많은 얘길 나눴지. 두 사람은 네가 아는 것보다 더 친한 친구였거든. 하지만 우리 두 사람한테도 그 소리에 대해 낱낱이 다 말하진 않았어. 만약 너무 많은 이야기를 하면 다시는 못 들을 것 같은 느낌이 든다고 했거든. 그 소리를 신성하게 여겼지. 그러니까 그 얘길 해달라고 너무 부담주지 말라고 했었어. 그리고 너도 그런 소릴 듣는다는 걸 알게 되자 너한테도 그러지 말라고 당부했고."

루크는 아빠의 얼굴을 그려봤다. 아빠가 함께 울타리 문에 기대 있는 모습을 상상했다.

"나⋯⋯ 나도 그 소리에 대해 말하는 거 좋아하지 않아. 그렇지만 그 이유는 아빠랑 달라. 사람들이 미쳤다고 생각할까 봐 그러는 거야."

엄마가 웃음을 터뜨렸다.

"아마 네 아빠도 그런 생각을 조금은 했을 거야. 사람들이 쓸데없는 말을 지껄인다고 생각할 테니까 말할 수 없다고 항상 그랬거든. 하지만 진짜 이유는 네 아빠한테 그 소리가 정말 특별하고 아주 신성하기 때문이라는 걸 엄마는 알고 있어. 하지만……
네 아빠가 했던 얘기를 하나 해줄게. 너랑도 어느 정도 관련이 있
는 말이라서 지금도 기억하고 있어."

엄마는 말을 계속 해야 하는지 말아야 하는지 잘 모르겠다는
듯 잠깐 말을 멈췄다.

"뭔데? 빨리 말해줘요."

엄마가 미간에 힘을 줬다.

"우리가 스트로베리힐에 살 때였어. 네가 두세 살쯤 되었을까.
어느 날 한밤중에 깨보니 너희 아빠가 침대에 없는 거야. 자리에
서 일어나 찾기 시작했지. 아빠 아래층 부엌 식탁에 가운을 입고
앉아 있었는데 식탁 위에는 하얀 종이하고 크레용 몇 개가 있었
어. 왼팔로는 너를 안고 오른팔로는 그림을 그리더구나."

"난 기억 안 나는데."

"그렇겠지. 너무 어렸으니까. 더군다나 곤히 잠들어 있었거든.
너희 아빠 널 그저 안고 싶었대. 그런데 엄마가 제일 선명하게 기
억하는 장면은 따로 있어."

엄마는 들판을 다시 훑어보았다.

"그때 아빠는 울고 있었어."

"울었다고요?"

"그래. 눈물을 주르르 흘렸지. 무슨 일이냐고 물었더니 아무
일도 없다고 하더구나. 살아오면서 이렇게 행복했던 때가 없었다

고 하면서. 그러더니 날 쳐다보며 뭐라고 했는지 아니? 그 말이
또렷하게 기억나. '창공이 노래하고 있어' 이렇게 말했지."

"창공? 그게 뭐야?"

루크가 엄마를 쳐다봤다. 엄마가 위를 가리켰다.

"네 위에 보이는 거야. 저 드넓은 하늘과 그 안에 있는 모든 것.
태양, 달, 별, 그리고 모든 천체까지. 하지만 다른 의미도 있어."

"또 다른 의미는 뭔데?"

"하늘나라."

루크는 하늘을 올려다보았다. 말똥가리가 다시 원을 그리며
날아다녔다.

"하늘나라가 저기, 뭐라고 했지? 아, 창공에 있다면 노랫소리
가 들릴 리 없잖아. 사랑하는 사람들이랑 이별한 사람들이 가득
차서 불행한 장소일 테니까. 아빠처럼."

"그럴지도 모르지."

엄마가 아들을 더 가까이 당겼다.

"하지만 아빠는 창공을 아름다운 장소라고 생각했나 봐. 그건
우리 머리 위뿐만 아니라 마음에도 존재한다고 자주 말했어. 각
자 자신만의 창공을 소유하고 살아간다고 했지. 그러니까 실제적
이면서도 형이상학적인 개념으로 본 거야. 아빠는 자신이 듣는,
그리고 네가 듣는 어떤 소리는 너무 미세해서 측정되거나 기록
되지 못한다고 말했어. 그 소리를 포착할 수 있을 정도로 예민한

매개물은 인간의 영혼뿐이라면서."

엄마가 그의 머리카락을 쓸어주었다.

"얘기가 좀 무거워지는 것 같지? 자, 이제 걸어볼까."

그들은 프랭크 멜드럼 씨의 도기제조소 방향으로 걸어 내려갔다. 루크의 머릿속은 새롭게 떠오른 묘한 생각으로 가득 찼다. 그의 분노는 이미 사그라졌고 엄마의 우울했던 모습도 사라졌다. 파도 소리 역시 사라졌다. 하지만 희미해졌을 뿐 그 소리는 의식 밑바닥에 여전히 존재했다. 소리가 더는 들리지 않았지만 느낄 수 있었다. 아빠 말이 맞을지도 몰랐다. 그 소리는 항상 존재하는 건지도 모른다. 하지만 우주를 돌아가게 하는 힘이 정말 그 엔진 소리일까? 루크는 엄마가 했던 다른 말을 떠올리며 물었다.

"아빠가 그린 그림은 뭐였는데? 창공이 노래한다고 말했을 때 말이야."

"귀에 들리는 것을 그렸다고 했어. 아주 또렷하게 들으면 소리도 그림으로 표현할 수 있다고 말했지. 소리에도 색깔과 형상이 있기 때문이라나. 너도 아빠처럼 잘 알고 있을 것 같은데."

엄마의 말을 루크는 잠자코 들었다.

"어쨌든, 아빠는 귀에 들리는 소리에 대해서 그랬던 것처럼 눈에 보이는 영상에 대해서도 말을 아꼈어. 모두 신성한 것이라고 생각했거든. 더욱이 너희 아빠 과학자도 아니었으니까 현상을 분석하는 데에는 관심이 없었지. 그저 몸소 경험하는 일만으로도 바빴으니까."

"아빠가 뭘 그렸는데?"

"오각별 모양이었어."

"뭐라고?"

"오각별. 다섯 군데 각이 진 별. 아빠는 색도 칠했지. 색칠할 때
종이가 미끄러지지 않도록 내가 종이를 잡아췄던 게 생각나는구
나. 배경은 푸른색이고 가장자리가 금색으로 빙 둘러져 있었어.
그런데 별 자체는……."

"하얀색……."

"맞아. 그걸 어떻게 알았니?"

그는 어깨를 으쓱하고 시선을 돌렸다. 아빠가 그랬던 것처럼
그것에 대해 별로 이야기하고 싶지 않았다. 그때 엄마가 그의 팔
을 잡았다.

"걱정 마. 더 이상 얘기하고 싶지 않다는 걸 알아. 네가 달리 아
빠 아들이겠니."

"그 그림은 어디 있어?"

"모르겠다. 잃어버린 것 같아."

두 사람은 계속 걸어 개울로 향했다. 들판에는 여전히 저녁햇
살이 비추고 있었지만 공기는 조금 서늘해지기 시작했다. 그들은
풀밭에 도착해서 다시 멈춰 섰다. 전에 스킨을 피해 숨었다가 발
각되었던 곳이다.

"네 아빠도 이곳을 좋아했는데."

엄마가 졸졸 흐르는 개울물을 가만히 바라보면서 말했다.

"응, 나도 알아."

"이곳하고 네가 좋아하는 그 오크도 좋아했지."

엄마의 눈빛이 진지해졌다.

"네가 올라가면 안 되는 그 나무 말이야."

그는 아무 대답도 하지 않았지만 엄마도 따로 대답을 기대하지 않았던 모양인지 길 위쪽을 가리키며 말했다.

"전에 저쪽에서 수사슴 한 마리를 보았어. 이 얘기 했던가?"

"아니."

"우리가 어퍼딘톤으로 이사 온 해였어. 여기서 보낸 첫 가을이었지. 아침에 넌 통학버스에 올라탔고 난 아빠랑 산책을 나왔었어. 아마 안개가 짙게 깔린 아침이었지? 어쨌든 우리는 여기 이곳에 도착해서 개울가를 산책하려고 하는데 길 저쪽에서 큰 수사슴이 나타난 거야. 머리를 살짝 추켜올린 녀석은 정말로 거만하고 사납게 보였어. 절대로 잊을 수가 없어."

"무슨 일 있었어?"

"녀석은 우리 쪽을 흘긋 보더니 들판으로 빠르게 걸어가 이내 안개 속으로 사라졌어. 그런데 수사슴이 총총 사라지자 너희 아빠가 동물의 노래가 들린다고 말했어."

"동물의 노래?"

"응."

"그게 무슨 말이야?"

"너도 직감으로는 알고 있을 거야. 전혀 생각을 안 해봐서 그렇지."

엄마는 잠시 침묵하다가 입을 열었다.

"아빠는 그런 걸 아주 강하게 믿었어. 모든 창조물에는, 그러니까 모든 인간과 모든 동물과, 모든 꽃과 나무와 풀잎과 심지어 모래 알갱이에도 다른 소리와는 다른 나름의 독특한 소리가 있다고 했지. 그래서 열심히 귀를 기울이면 이 소리를 들을 수 있다고도 했어."

엄마는 눈을 찡그렸다.

"그 말이 사실인지는 모르겠어. 사람들이나 수사슴이나 나무 같은 걸 볼 때 나에게는 어떤 소리도 들리지 않거든. 하지만 네 아빠는 그러더라. 너도 그렇다는 걸 엄마는 잘 알아. 너희 아빠도 네가 그럴 거라고 말했거든."

"이 얘긴 그만하면 안 돼?"

루크가 발밑을 내려다보았다.

"기분이 좀……."

"그래, 이해해."

"고마워요."

그는 머뭇거렸다.

"엄마, 로저 아저씨와는……."

"끝난 일이야."

두 사람의 눈길이 마주쳤다. 루크는 엄마도 이 얘기를 꺼려한다는 사실을 알았다. 그리고 아까 그 단층집에서 보았던 장면을 다시 떠올렸다.

"완전히 끝난 거야?"

그가 물었다.

"그래."

엄마가 그의 이마에 입을 맞추었다.

"완전히 끝났어. 이제 엄마한텐 너뿐이야. 엄마한테 너 말고는 아무도 없어."

아빠도 있잖아요, 루크는 속으로 생각했다.

20

그날 밤, 아빠가 확실히 가까이 있다는 느낌이 들었다. 꿈 같은 상상은 여느 때처럼 불가사의하게 시작됐다. 침대에 누워 천장을 멍하니 올려다보고 있는데 어느 순간 눈앞에 숲이 펼쳐졌고 그러다가 몸이 떠올라 오크를 향해 날아갔다. 그러자 뿌리가 그를 포옹할 것처럼 열리기 시작했다. 루크는 그 틈으로 날아 들어가 나무속을 통과해서 하늘에 닿았다. 그리고 어디선가 아빠의 느낌이 빠르게 다가왔다.

아빠를 보거나 아빠 목소리를 듣거나 손으로 만져본 건 아니다. 상상 속에서도 한 번도 그러질 못했다. 아빠는 늘 그냥 거기 있을 뿐이었다. 뒤이어 가깝고 친숙하지만 누구인지 잘 기억나지 않는 다른 존재들이 나타났다. 반짝이는 별을 향해 그들은 함께 날았다. 하지만 이 상상은 기분 나쁜 딱, 하는 큰 소리와 함께 끝이 나고 말았다.

루크는 퍼뜩 상상의 세계에서 깨어났고 침대에 누워 있는 자신을 발견했다. 집 안은 고요했고 잠은 말끔히 달아났다. 더럭 겁이 났다.

딱!

창가에서 나는 소리였다. 뭔가가 창유리에 부딪히는 소리. 돌멩이였다. 침대에서 슬며시 빠져나와 커튼 가장자리에 숨어 밖을 엿봤다. 앞뜰 담 저 너머 길 위에서 어떤 그림자가 움직였다. 누군지는 뻔했다. 오른쪽 담벼락 뒤에 웅크리고 있는 다즈가 보였다. 스피드의 모습은 보이지 않았다.

딱!

또 다른 돌멩이가 창유리에 와 부딪혔다. 루크는 저쪽 방에서 곤히 자고 있을 엄마를 생각하면서 엄마가 제발 아무 소리도 듣지 않기를 바랐다. 이건 엄마가 아니라 자신의 문제였다. 시계를 보니 열두 시 반이었다. 스킨 패거리들이 싫증을 내고 곧 집으로 돌아가면 좋으련만.

딱!

스킨이 다시 돌멩이를 던졌다. 그러더니 다즈와 함께 담을 넘어 뜰로 들어왔다. 루크는 주먹을 불끈 쥐었다. 이건 지금까지와는 차원이 다른 상황이었다. 심각했다. 담 안쪽에 들어선 두 사람은 잠시 서서 루크가 지켜보고 있다는 사실을 안다는 듯 그의 창문을 올려다봤다. 루크는 모습을 보이지 않으려 조심하면서 커튼 가장자리에 계속 서 있었다. 그러다 지난밤 일이 갑자기 생각나 충동적으로 커튼을 열어 젖혔다. 그를 발견한 스킨과 다즈는 그 자리에 굳은 채 서서 그에게서 시선을 떼지 못했다. 루크는 최대한 거만하게 두 사람을 내려다봤지만 마음이 자꾸 약해졌다. 이렇게 안전한 장소에 있으면서도 스킨의 협박은 무섭게 느껴졌다. 당장 달려가 엄마를 부르고 경찰에 연락하고 싶었지만, 그냥 그 자리에 서서 상황과 맞서기로 했다. 어쨌든 이건 자신의 문제였으므로.

이 녀석들을 어떻게 친구라고 생각했었는지 의아할 따름이었다. 그들은 루크를 바라보며 가까이 다가오더니 마침내 창문 밑에 멈춰 서서 노려봤다. 스킨의 얼굴은 증오로 화끈 달아올랐다. 그러나 움직이지 않고 그저 위를 올려다보며 이를 갈기만 했다. 그러다가 스킨이 몸을 구부려 흙 한 줌을 집더니 홱 창유리로 던졌다. 흙덩이는 쿵, 하는 소리를 내며 부딪쳤다가 덩어리째 길 위에 떨어졌다. 스킨은 창문을 노려보다가 공중에 대고 손가락으로 총질을 하더니 몸을 돌려 잔디밭을 가로질러 걸어 나갔다. 다즈는 충실한 개처럼 스킨 바로 뒤를 잰걸음으로 따랐다. 잠시 후 그들의 모습은 시야에서 사라졌다.

루크는 커튼을 치고 침대에 앉아 심호흡을 했다. 앞으로 어떤 일이 벌어질까를 생각하니 두렵고 불안해서 견딜 수 없었다. 마음속으로 아빠를 불러봤지만 아무런 기척도 느낄 수 없었고 오히려 두려움과 불안감만 더욱 커졌다. 그는 고통스러운 자기만의 세계에 갇혀 있는 나탈리를 생각했다. 그러다 보니 그 아이를 생각할 때 자주 들리던, 그리움이 담긴 멜로디를 자기도 모르게 흥얼거리게 됐다. 기분이 한결 나아졌고 이상하게 조금씩 두려움이 사라지는 기분이 들었다. 그는 그 멜로디를 음미했다. 멜로디는 나탈리처럼 아주 순수하고 단순했다. 그래서 그 멜로디를 들으면 나탈리가 생각나는 모양이었다. 그런데 제목은 뭘까? 이 멜로디가 이렇게 친숙한 이유는 뭘까? 분명 전에 어디에선가 들어본 곡이다. 그런데 어디에서 들었지?

두려움을 없애려고 침대에 앉아 멜로디를 계속 흥얼거리고 있는데 갑자기 답이 떠올랐다. 마치 그 멜로디에 답이 실려 온 것처럼. 예전에 살던 스트로베리힐이 마음속에 그려졌다. 집 안의 모든 창문을 열어놓은 어느 뜨거운 여름 날, 그는 현관에 서서 아빠가 치는 피아노 소리에 귀를 기울였다. 그때 루크는 네 살이었다. 엄마와 상점에 다녀오던 길이었다. 아빠는 집에 자기 혼자 있다고 생각하고 오직 자신만을 위해 피아노를 연주하고 있었다. 하지만 엄마와 루크는 상점에서 생각보다 일찍 돌아왔다. 엄마는 집 밖에서 이웃과 이야기를 나누고 있었고, 루크는 아빠를 보고 싶은 마음에 먼저 집 안으로 막 달려 들어온 참이었다. 집에 들어선 그는 피아노 선율에 매료되어 현관에 멈춰 섰다.

　루크는 마루를 지나 음악실 문 앞에 서서 반쯤 열린 문틈으로 귀를 기울였다. 그때의 느낌을 지금까지도 또렷이 기억한다. 안으로 들어가고 싶지는 않았다. 어린 나이였지만 그는 알고 있었다. 안으로 들어가면 아빠는 자기를 바라보고 미소 지으며 두 팔로 자신을 번쩍 들어 올릴 것이다. 물론 기분 좋은 일이지만, 동시에 음악도 끝나버릴 것이다. 그는 음악을 계속 듣고 싶었다. 그래서 문 앞에 오도카니 서서 귀를 기울였다. 지금 침대에 앉아 홀로 흥얼거리고 있는 곡과 똑같은 그 선율에. 기억의 창고로 다시 돌아가 그때의 장면을 떠올렸다. 루크는 다시 음악실 문 앞에 서 있다. 마침내 음악이 끝났을 때야 방 안으로 뛰어 들어갔다. 반가운 얼굴로 아빠는 아들을 번쩍 들어 올렸다.

　"이 곡이 마음에 들었니?"

　그가 고개를 주억거렸다. 아빠가 미소를 지었다.

　"그럼 이 곡은 널 위한 곡이야."

　여섯 시, 자명종이 울렸다. 이른 시간이었지만 위험한 상황을 만들지 않으려면 일찍 일어나야 했다. 그는 침대에서 빠져나와 잠옷 위에 가운을 걸치고 서재로 급하게 걸어갔다. 다행히 이번에는 서재에 엄마가 없었다. 컴퓨터가 부팅되는 동안 엄마 방에서 무슨 소리가 나지는 않을까 귀를 기울였다. 사방이 고요했다.

엄마는 깊이 잠든 모양이다. 이제 엄마 인생에서 로저 길모어 씨가 사라졌으니까 생활도 달라질 것이다. 하지만 그는 어제 그 단층집에서 보았던 장면이 떠올라 마음이 무거웠다. 분명 엄마가 자기한테 하지 않은 말이 있다. 어제 그런 일이 있은 후에 곧바로 관계를 정리했을 리가 없다. 로저 길모어 씨가 뭔가 몹쓸 짓을 하지 않은 이상은. 루크는 엄마 이메일을 훔쳐볼 때마다 자괴감이 들었지만 다시 한번 그렇게 해야 한다고 판단했다. 컴퓨터에 화면이 떠올랐다. 그는 긴장되는 마음으로 엄마의 비밀번호를 입력하고 메일함을 훑어봤다. 예상대로다. 로저 길모어 씨의 메일이 있었다. 서둘러 메일을 열고 내용을 봤다. 단 두 줄의 메일이었다. 엄마가 보낸 메일이 한 줄 있고 거기에 첨부된 로저 길모어 씨의 답장이 한 줄 있었다. 모두 어제 저녁에 주고받은 내용이었다. 엄마는 이렇게 썼다.

　루크 문제를 이해해줘서 고마워요.

로저 길모어 씨는 이렇게 답했다.

　이별 선물 고마워요.

복잡한 감정을 주체하려 애쓰며 루크는 화면을 뚫어지게 바라봤다. 엄마가 다시 혼자가 되었다는 사실에 느꼈던 만족감도 몰려드는 자괴감에 모두 사라져버렸다. 어제 무슨 일이 있었던 건지 이제야 이해되기 시작했다. 메일을 다시 읽었다. 루크 문제를 이해해줘서 고마워요, 라니. 그는 얼굴을 찡그렸다. 나에 대해 도대체 뭘 이해한다는 거야? 하지만 모르는 척해봐야 소용없었다. 루크는 답을 이미 알고 있었다. 이별 선물 고마워요. 또한 루크는 그 선물이 무엇이었는지도 알았다. 그리고 엄마가 자신을 위해 이별했다는 사실도.

루크는 자판 가장자리에 얹은 손에 힘을 꽉 주었다. 정말로 이 모든 일의 원인이 나란 말인가? 엄마가 독신으로 지내길 바라긴 했지만, 엄마 자신의 행복을 포기하면서까지 그러길 원한 건 아니었다. 더욱이 엄마가 행복해하는 모습을, 진정으로 행복해하는 모습을 바로 어제 보지 않았던가. 이제 그 행복은 사라졌고 그 책임은 모두 자기한테 있었다. 루크는 아빠가 세상을 떠난 이후에 자기가 했던 말들과 행동들을 곰곰이 생각해봤다. 그리고 지난 2년 동안 아빠를 비뚤어진 방법으로 사랑했을 뿐이라는 사실을 불현듯이 깨달았다. 그가 한 일이라고는 자신을 혐오한 것밖에는 없었다.

심호흡을 하고 화면을 다시 쳐다봤다. 누군가를 돕기 위해 할 수 있는 일이 적어도 한 가지는 있었다. 그 누군가가 엄마는 아니었지만. 루크는 메일함을 열어 새 메일을 작성했다.

제이 선생님께

죄송합니다만 루크가 아직 몸이 안 좋아서 하루 더 집에서 쉬게 하겠습니다. 좋은 일 가득하시길 바랍니다.

루크 엄마 드림

21

리틀 부인은 자갈 위에 서 있는 루크를 보고 인상을 찌푸렸다.

"너 또 무단결석 했구나?"

루크도 따라서 눈살을 찡그렸다.

"그렇게 못마땅한 표정을 지으실 필요는 없잖아요. 이렇게 할머니를 만나러 오게 하려고 어제 오후에 세 번씩이나 전화한 거 아닌가요?"

"내가 아니라 나탈리 때문에 한 거야."

부인이 그를 거만하게 훑어봤다.

"전에 말했지. 난 개인적으로 너를 만나고 싶은 마음 없다고. 그리고 어제 나탈리에게는 네가 필요했어."

"어제 같이 있었잖아요."

"어제 오후를 말하는 거야. 저녁에도 그렇고. 네가 가고 나서 두 시간 정도는 괜찮았다. 조금은 행복해 보이기까지 했지. 그러다 다시 울음을 터뜨리더니 피아노를 탕탕 내리치더구나. 상태가 점점 더 안 좋아졌어. 자기 방으로 돌아가고 싶다고 해서 데려다 줬는데 여태 거기 있어. 어떻게 해도 내려오려고 하질 않아. 모든 게 전과 똑같아. 아니, 조금 더 나빠졌지."

"그러니까 어제는 필요했지만 오늘은 제가 필요 없다는 말이군요."

"아니, 오늘도 네가 필요하다. 나탈리 옆에는 네가 있어야 해."

부인은 현관에서 비켜섰다.

"들어와서 그 아이를 위해 피아노를 다시 쳐다오. 그래야 그 애가 아래층으로 내려올 거야."

루크는 부인을 지나쳐 집 안으로 들어갔다. 웅장한 그랜드피아노 위에는 먼지가 뽀얗게 앉아 있었지만, 아침 햇살을 받아 따스하고 환한 느낌을 줬다. 위층에서 무슨 소리가 나는지 귀를 기울여봤지만 아무 소리도, 그 익숙한 울음소리도 들리지 않았다.

"아주 조용하네요. 우리 두 사람 빼곤 집 안에 아무도 없는 것 같아요."

"나탈리가 너무 조용하지? 이따금씩 저렇게 침묵을 지킬 때가 있어. 깊은 고통에 빠져든 게지. 지금 무척 두렵고 혼란스러울 거야. 우리가 저 아이에게 조금이나마 도움을 줄 수 있는지 한번 보자꾸나."

나탈리 얘기만 하면 부인의 사나운 태도가 어떻게 그리 부드럽게 변하는지 참으로 이상했다. 루크는 어떤 곡부터 칠지 곰곰이 생각했다. 〈정령들의 춤〉이 좋을 것 같았다. 그 곡은 미란다와 연습까지 했었으니까. 루크는 미란다의 플루트 선율을 오른손으로 가미하면서 곡을 연주하기 시작했다. 나탈리 상태가 너무 안 좋아서 아래층으로 못 내려오는 건 아닐까 걱정하면서.

하지만 오래 걱정할 필요는 없었다. 첫 소절을 치자마자 위층에서 발자국 소리가 나더니 "할머니!" 하는 소리가 들렸다. 루크는 연주를 계속했고 음악 소리는 물 흐르듯 흘러나왔다. 연주를 하다 보니 미란다도 여기서 함께 연주하면 좋겠다는 생각이 들었다. 나탈리도 분명히 플루트 소리를 좋아할 거라는 예감이 들었다. 계단에서는 발자국 소리와 웅얼거리는 목소리가 들렸고 이내 가벼운 흥분이 전해졌다. 잠시 후 나탈리가 리틀 부인의 손을 붙잡고 문 앞에 나타났다. 소녀의 눈은 피아노 쪽을 응시하고 있었다.

"안녕, 나탈리."

루크가 연주를 하며 말했다.

나탈리는 대답 대신 리틀 부인의 손을 피아노 쪽으로 잡아끌었다. 다른 쪽 손으로 가구를 더듬어가며 피아노 앞에 도착한 다음 노파의 손을 놓더니 두 손으로 피아노 표면을 더듬었다. 처음에는 건반 가장자리를 훑더니 루크의 허리에서 옆얼굴까지 차례로 더듬어 올라갔다.

"그래, 우스운 귀야."

그가 말했다.

나탈리는 그의 귓불을 손가락으로 만지작거리더니 그의 왼쪽 팔에서 손까지 죽 훑어 내렸다.

"그렇게 만지작거리면 어떻게 연주를 하니?"

루크가 농담처럼 부드럽게 말했다. 나탈리는 이제 그를 전혀 두려워하지 않았다. 그를 보고 나탈리가 미소를 지었다. 상대에 대한 신뢰가 가득 묻어나는 그 환한 미소가 너무나 순수해 보였다. 그 표정에 마음이 살짝 동요돼서 잠깐 건반을 잘못 누르기까지 했지만 연주를 멈추지는 않았다. 나탈리는 손가락으로 그의 손을 계속 만지작거렸다.

"손이 이렇게 움직이는 게 재미있니? 여기저기 왔다 갔다 하는 게 재밌는 모양이구나."

그는 연주를 멈추고 나탈리의 손을 부드럽게 잡아 쥐었다.

"자, 그럼 너도 뭔가를 연주해보자."

나탈리가 그를 말끄러미 쳐다봤다.

"괜찮아. 재미있을 거야. 자, 시작한다. 〈반짝반짝 작은 별〉을 칠 거야."

루크는 나탈리의 집게손가락을 펴서 건반을 살짝 눌렀다. 나탈리도 즐거운지 손을 빼내지 않았다. 자기 손가락이 움직일 때마다 선율이 만들어지는 걸 들으며 킬킬거리며 웃었다. 그가 노래를 불렀다.

"'반짝반짝 작은 별 아름답게 비추네.' 이 노래 알아? 나랑 같이 부를까?"

하지만 나탈리는 보이지 않는 눈으로 루크를 멀거니 응시하기만 했다.

"나탈리, 별이 뭔지 알아?"

나탈리는 여전히 무표정이다. 루크는 벽에 걸린, 여러 가지 빛깔을 내는 큰 별 사진을 쳐다보며 다시 말했다.

"나탈리, 네 손가락으로 별을 한번 그려볼래? 피아노 위에라도 좋아."

나탈리는 움직이지도, 무슨 말을 하지도 않았다. 루크는 나탈리가 자기 말을 이해하지 못했다고 생각했다. 리틀 부인을 바라봤지만 노파는 무심한 표정만 짓고 있었다. 그런데 그때 나탈리가 갑자기 피아노 위로 손을 뻗더니 집게손가락으로 뭔가를 그렸다. 한쪽으로 많이 기울긴 했지만 무슨 그림인지는 분명히 알 수 있었다. 먼지 위에 오각별이 그려졌다.

"잘했어. 너무 멋진 별이네."

루크는 그림을 바라보며 이렇게 말하고는 리틀 부인을 쳐다보며 목소리를 낮췄다.

50

"지금은 눈이 안 보이지만 전에 봤던 걸 기억하네요."

"어떤 것은 기억하나 보구나. 하지만 얼마나 기억하는지는 모르겠어. 그걸 알기란 쉽지 않지."

"저에 대해서는요? 이름은 알아요?"

"얘기는 해줬는데 제대로 들었는지는 모르겠다."

루크가 나탈리의 팔을 쓰다듬으며 말했다.

"나탈리? 내 이름이 뭔지 알아?"

나탈리가 손가락으로 그의 팔을 다시 만지작거렸다.

"내 이름이 뭐야? 알고 있니?"

나탈리는 손가락을 그의 귀로 가져가 다시 이리저리 만졌다. 그가 웃음을 터뜨렸다.

"우스운 귀라는 건 나도 알아. 나탈리, 내 이름이 뭐야?"

"우스운 귀."

나탈리가 대답했다.

"우스운 귀? 그게 내 이름이니? 아니면 그냥 내 귀가 웃기게 생겼다는 말이야?"

"우스운 귀."

나탈리가 다시 피아노 쪽을 응시하며 눈살을 찌푸렸다. 루크는 나탈리가 음악을 더 듣고 싶어한다는 걸 알아차렸다. 뭘 연주할까 잠시 생각하다가 〈숲의 평화〉를 떠올렸다. 오랫동안 연주하지 않은 곡이지만 건반에 손가락을 올려놓자마자 아득한 종소리를 연상시키는 첫 두 화음이 떠올랐다. 연주는 흐르는 물처럼 거침이 없었다. 숲의 노래가 건반을 통해 들려왔다. 나탈리가 연주하기 힘들 정도로 몸을 바짝 밀착했지만 그는 연주를 멈추지 않았다. 잠시 후 나탈리가 특유의 작고 어렴풋한 목소리로 말했다.

"나무."

루크가 연주를 하면서 나탈리를 쳐다봤다.

"나무?"

"나무."

"이 음악을 들으니까 나무가 보이니?"

있을 수 없는 일이었다. 곡 제목을 말해주지도 않았는데 그걸 알 리가 없었다.

"큰 초록색 나무."

연주를 계속하며 물었다.

"나뭇잎은? 나뭇잎도 보여?"

"나뭇잎이 많아."

"나뭇잎이 많다고?"

"아주아주 많아."

"그리고?"

루크가 태양의 이미지를 떠올리며 물었다.

"태양."

나탈리가 대답했다.

창문 틈으로 들어온 햇살이 루크의 움직이는 손을 영롱하게 비추었다. 종소리 같은 화음부분을 다시 연주하면서 그 다음 음이 어떻게 흘러가는지 기억을 더듬었다. 마음은 이미 음악을 앞서가고 있었다. 하지만 손가락은 건반 위에서 자연스럽게 움직였다. 나탈리가 꾸무럭거리며 더 바짝 다가와 그의 왼쪽 귀를 다시 만졌지만 그는 음을 놓치지 않고 계속해서 연주했다. 옆에 있는 나탈리와 근처에 꼿꼿하게 서서 두 사람을 지켜보는 리틀 부인을 의식하면서. 그리고 곡이 끝나갈 즈음엔 속삭임처럼 들리는 숲을 생각하며. 종소리가 더 부드럽게 들리더니 천천히 흐르는 마지막 화음은 꽃잎처럼 만개하는 느낌이 들었다. 나뭇잎이 살랑거리는 소리, 나뭇가지 끝의 움직임, 숲속 한적한 빈터의 고요함을 느꼈다. 그리고 침묵. 숲은 잠들어 있다. 나탈리가 다시 몸을 움직거렸다.

루크가 바라보니 나탈리가 두 눈을 감고 그의 어깨에 살며시 머리를 기대왔다. 그는 피아노에서 왼팔을 천천히 빼내 나탈리의 허리를 감쌌다. 이 모습을 지켜보는 리틀 부인의 작은 눈이 어둡고 아득하게 보였다. 질투를 느끼는 건지 화가 난 건지 슬픈 건지 기쁜 건지 도무지 알 수 없었다. 부인은 갑자기 문 쪽으로 돌아서더니 중얼거렸다.

"차 좀 준비해오마."

루크는 부인이 나가는 모습을 가만히 지켜봤다. 이 상황을 어

떻게 받아들여야 할지 확신하지 못한 채. 이렇게 나탈리만 남겨
두고 거실을 나간 건 자신을 어느 정도 신뢰하기 때문이라고 생
각했지만 이 노파의 감정을 헤아리는 일은 쉽지 않았다. 부인은
좀 이상하고 고독하며 모순으로 가득 찬 사람이었다. 기세등등하
고 무례하고 오만했으며 그를 포함한 다른 사람에 대한 혐오를
숨기지 않았다. 하지만 나탈리를 살뜰히 보살폈고 나탈리도 분명
부인을 좋아했다. 자신이 한때 이 노파를 무서운 사람으로 여겼
다고 생각하니 기분이 묘했다. 그는 언제 사라질지 모른다고 생
각해서인지 자기를 꼭 붙들고 있는 이 작은 소녀를 물끄러미 바
라봤다.

"나탈리?"

그가 부드럽게 말했다.

나탈리는 대답하지 않았다.

"나탈리?"

고개를 낮춰 얼굴을 나탈리 가까이에 갖다 대며 물었다.

"아직도 나무가 보이니?"

침묵. 그는 잠시 생각했다.

"나탈리? 전에는 어디 살았는지 기억나?"

침묵.

"네 성은 뭐니?"

침묵.

"이 마을 이름, 알아?"

침묵.

"형제자매는 있어?"

나탈리는 대답은커녕 고갯짓조차 하지 않았다. 루크는 피아노를 다시 쳐야겠다고 생각하며 나탈리에게서 팔을 빼냈다. 그러자 나탈리가 불안한 비명을 지르며 그에게 더 바짝 매달렸다.

나탈리를 다시 끌어안으며 루크가 말했다.

"괜찮아. 널 놔두고 가지 않아."

그리고 낮지만 단호한 목소리로 중얼거렸다.

"넌 나무를 기억하고 있어. 나뭇잎을 기억하고 별도 기억해."

루크는 왼손을 나탈리에게 둔 채 오른팔을 뻗어 〈숲의 평화〉 처음 부분을 연주했다. 그러자 놀랍게도 나탈리가 피아노 소리를 따라 흥얼거리기 시작했다. 연주를 멈췄는데도 계속해서 흥얼거렸다. 묘한 그 소리는 매끄럽게 연결되지도 않았고 음정도 맞지 않았으며 〈숲의 평화〉처럼 들리지도 않았다. 그건 〈숲의 평화〉가 아니라 다른 곡이었다. 루크는 불분명하게 들리는 그 곡에 귀를 기울이다가 마침내 그것이 무슨 곡인지 깨닫고는 깜짝 놀랐다.

도, 레, 미, 미, 라, 라. 음은 그렇게 흘렀다. 나탈리가 흥얼거림을 잠시 멈췄다. 잘 기억이 나지 않는지 눈살을 찌푸렸다. 루크는 귀를 쫑긋 세우고 기다렸다. 오래 전에 아빠가 연주했던, 그리움이 느껴지는 그 곡의 첫 음이었다. 나탈리와 연관지어 생각하게 된 바로 그 곡. 그런데 나탈리가 이걸 어떻게 알고 있을까? 그는 이미 머릿속으로 다음 음을 되뇌면서 그 음이 들리기를 기다렸지만 나탈리는 처음으로 돌아가 똑같은 부분을 반복해서 흥얼거렸다. 도, 레, 미, 미, 라, 라. 나탈리는 그 음이 맞는지 확인이라도 하는 것처럼 그 부분을 여러 번 반복해서 흥얼거렸다. 반복할 때마다 음은 점점 더 명확해졌다. 설마 우연의 일치겠지. 그렇게 특별한 음도 아닌 데다 나탈리는 그걸 모두 사분음표로 흥얼거리고 있었다. 아빠가 연주했던 곡은 모두 사분음표가 아니었다. 그때 나탈리가 다른 음을 더 흥얼거렸다. 레, 미, 파, 파, 시, 시. 소름이 등줄기를 타고 돋아났다. 틀림없었다. 틀림없는 그 곡이다. 그런데 어떻게 이런 일이 가능한 걸까? 그는 최대한 부드럽게 말을 꺼냈다.

"좋은 곡이네. 제목이 뭐야?"

묵묵부답. 루크는 그 다음 몇 소절을 피아노로 연주해볼까 고민했다. 그는 그 곡을 또렷이 기억하고 있다. 더욱이 연주를 하다 보면 나탈리 역시 그 다음 음을 더 기억해낼지 모른다. 어쩌면 그 곡을 어떻게 알게 됐는지 얘기 나눌 수도 있으리라. 그런데 그 순간 나탈리가 와락 울음을 터뜨렸다. 루크가 손을 뻗어 나탈리의 머리카락을 어루만지며 조용히 말했다.

"좋은 곡이네. 이 곡을 흥얼거릴 때도 그림이 보이니? 아까처럼 말이야. 어떤 그림이 보여?"

"발리Barley ('보리'라는 뜻도 있고 사람 이름도 된다_옮긴이)."

나탈리가 말했다.

"발리?"

나탈리가 얼굴을 그의 가슴에 묻었다. 그는 나탈리의 머리카락을 어루만져주며 거짓말을 했다.

"그래, 나도 보리가 보여. 산들바람에 흔들리는 아름다운 보리밭. 밀이랑 옥수수랑 기다란 풀도 보이는 것 같아. 너도 기다란 풀잎이 보여?"

"발리."

나탈리는 이 말을 중얼거리며 계속 울었다. 나탈리가 우는 동안 그 멜로디가 루크의 머릿속을 다시 스치고 지나갔다. 마치 나탈리가 계속 그것을 흥얼거리기라도 하는 듯.

22

하딩 선생이 의외라는 듯 한쪽 눈썹을 추켜올리며 현관을 열어주었다.

"웬일이니, 루크. 하루 종일 나무를 타다가 온 아이처럼 보이는구나. 하지만 난 네가 기껏 나무 타기나 하려고 결석할 아이는 아니라고 생각한다. 지금이 몇 시지?"

"네 시 반이요."

"레슨은 없지 않나?"

"없지요."

"으응, 그래. 내가 늙어가고 있긴 하지만 오늘 누가 레슨을 받으러 오는지 기억 못 할 정도로 노망들진 않았거든. 물론 시간이 지나면 노망도 들겠지만 말이지."

"안에 누구 있어요?"

"아니야, 자고 있었어. 다섯 시 반에 미란다가 오기로 되어 있는데 뭐, 시간이 대충 그렇다는 얘기야."

노인은 머리를 긁적였다.

"아무튼 레슨 때문에 온 건 아닐 테고, 무슨 일이냐? 가르칠 게 없으니까 여기 더 올 필요 없다고 말했던 것 같은데."

"선생님 생각이 틀리신 것 같아서요."

두 사람은 아무 말 없이 서로를 바라봤다. 잠시 후 하딩 선생이 옆으로 비켜서며 말했다.

"어쨌든 들어오렴."

선생은 앞서서 음악실로 걸어가 창가에 있는 안락의자에 풀썩 앉더니 루크에게도 다른 안락의자에 앉으라는 몸짓을 했다. 루크는 어느 때보다도 어색한 기분을 느끼며 의자에 앉았다.

"그래, 무슨 일이니?"

루크는 크게 숨을 한 번 들이마셨다. 말을 어떻게 꺼내야 할지 고민됐다. 그 순간에도 그의 머릿속에는 그 소리가 소용돌이치고 있었다.

소리는 그가 리틀 부인 집에서 나오는 순간부터 시작되었다. 그러더니 나무 위 집에서 통학버스가 아이들을 내려놓고 돌아가기를 기다리는 내내 들려왔다. 윙윙거리는 소리, 플루트 소리와 하프 소리, 종소리. 그의 내면과 주변을 뒤흔드는 듯한 깊은 바다의 파도 소리. 머릿속을 계속 맴돌던 멜로디를 흥얼거리던 나탈리의 목소리. 그리고 이 모든 소리에다 바깥세상에서 들려오는 소음까지. 이 모든 소리가 견딜 수 없을 정도로 강렬하게 그를 감쌌다.

"도처에서 소리가 들려요. 제 주변에서도, 제 마음에서도."

"알고 있어."

"선생님도 들리세요?"

"아니, 나한테는 우리가 앉아 있는 이 공간이 매우 조용해. 마을도 조용하고 이 집도 조용하고 내 머릿속도 조용하단다. 뭐, 좋은 일이지. 이 세상엔 무의미한 소리들이 워낙 많으니까."

"그러면 그 소리를 어떻게 알고 계세요?"

"그건 내가 너를 잘 알기 때문이고, 네 아빠를 잘 알기 때문이고, 그런 소리를 듣는 사람들을 알고 있거나 그들에 대한 기사를 읽었기 때문이지. 개인적으로 경험한 건 아니지만 그런 소리가 존재한다는 사실은 알고 있어."

"기분 나쁜 소리는 아니에요. 다만……."

"혼란스럽게 하지."

루크는 미간을 찌푸리며 대답했다.

"맞아요. 소리가 항상 들리는 건 아니에요. 선생님처럼 저도 모든 것이 조용하게 느껴질 때가 있어요. 그러다가 갑자기 소리에 휩싸여요. 어떤 멜로디가 들릴 때도 있고 여러 가지 악기가 뒤섞여 요란하게 연주되는 소리가 들릴 때도 있어요. 윙윙거리는 소리, 플루트 소리, 하프 소리, 종소리가 들리기도 하고 세찬 물 소리가 들리기도 해요. 하지만 가장 자주 들리는 소리는……."

"거센 파도 소리."

"맞아요!"

루크는 깜짝 놀라면서도 한편으로 안도감을 느끼면서 그를 쳐다봤다.

"거세고 요란한 파도 소리. 때로는 낮은 웅얼거림이었다가, 때로는 우르릉거리는 소리였다가, 때로는 물결치는 소리였다가……. 그래 나도 안다. 너한테 무슨 문제가 있는 건 아니야. 그건 아주 옛날부터 인간이 경험해온 현상이야. 넌 감각과 신경이 무척 예민하고 재능이 아주 뛰어난 아이일 뿐이야. 네 아빠를 무척이나 닮았지. 사실 어찌나 닮았는지 난 지금 네 아빠랑 얘기하고 있는 것 같은 기분이 든다니까."

루크는 엄마와 산책하며 나눴던 대화를 떠올렸다.

"엄마는 아빠도 그 모든 소리를 들었다고 했어요. 아빠가 선생님한테 그 소리에 대해 얘기했다는 말도 했고요."

"그랬지. 네 아빠는 그 파도 소리가 우주를 발생시키고 지금까지 존속하게 한 원시적인 소리라는 말을 자주 했었어."

"존속이요?"

"계속 존재하게 한다는 말이야. 그래서 네 아빠가 그 소리를 엔진이라고 부른 거야. 우주와 이 세상에 존재하는 만물을 움직이는 원동력으로 본 거지."

"그 소리가 어떻게 그런 역할을 해요?"

"진동을 통해서. 내가 이해하기로 모든 물질은 끊임없는 진동 상태에 있어. 마침 며칠 전에 관련된 기사를 읽었는데, 모든 원자와 분자는 각자 고유한 진동성 지문을 가지고 있다고 쓰여 있었어. 너희 아빠도 그 기사를 읽었다면 분명 공감했을 거야. 모든 만물에는, 그게 막대기든 돌이든 구름이든 동물이든 인간이든, 그 나름의 고유한 소리가 있다고 자주 말했거든. 우주는 이렇게나 다양한 진동성 에너지로 웅성이고 있다고 말했지. 자기는 이런 에너지가 만들어지는 소리를 들을 수 있다고 했어. 그뿐만이 아니야. 너희 아빠는 생각과 감정과 욕망에도 진동이 있다고 했거든. 사랑의 소리, 분노의 소리, 두려움의 소리를 들을 수 있다고 했어. 아, 그리고 또 있다. 우주 이면에는 불가사의한 영역이 있고, 육체 이면에도 보이지 않는 영역이 존재하는데 이 모든 것에도 진동과 소리가 있다고도 했단다. 너희 아빠가 여기 있었다면 네가 듣는 그 소리가 이 모든 것의 근원이라고 말했을 게야. 그게 모든 소리와 진동과 사물의 근원이라고 말이지."

"전 그런 것까지는 잘 모르겠어요."

"나도 전문가는 아니야."

"선생님이 방금 하신 얘기도 잘 믿기지 않아요. 그런데 어떻게 제게 그런 소리가 계속 들리는 거죠?"

"믿지 않아도 그 소리를 들을 수 있단다. 감각이 아주 예민하다면 말이야. 네가 바로 그런 경우지. 이런 진동에 귀 기울일 수 있는 사람은 극소수야. 너는 그 가운데 한 명인 게지. 네 아빠도 그렇고. 그렇지만 난 아냐. 그래서 이론적으로 접근할 수밖에 없는데 이론만으로는 그 현상을 완전히 이해할 수 없어. 경험하지 못하고 이론만 아는 것은 한계가 있으니까. 과학자가 외부의 소리를 측정할 수는 있지만 네가 듣는 소리는 매우 미묘해서 측정할 수 없어. 너희 아빠는 그 소리가 에테르ether(빛을 파동으로 생각했을 때 이 파동을 전파하는 매질로 생각되었던 가상의 물질_옮긴이)보다 더 미세하고, 심지어 관념보다도 더 포착하기 어렵다고 말했었어. 그러니까 그 소리를 듣지도 못하고 측정도 못하면서 그 소리가 존재한다는 사실을 믿는다는 건 매우 어려운 일이지."

"하지만 선생님은 믿으시잖아요."

"그래, 그렇지. 하지만 그건 내가 네 아빠를 잘 알았고 너희 아빠가 하는 얘기를 직접 들었기 때문에 그런 거야. 지적 호기심이 이른바 믿음으로 바뀐 경우지."

선생은 잠시 침묵하다가 입을 뗐다.

"너희 아빠는 놀라운 사람이었어. 내가 아는 가운데 가장 뛰어난 사람이었지. 너희 아빠가 들었다고 말한 소리 가운데는 정말로 놀라운 것도 있었어. 내부의 미세한 진동뿐만 아니라 굉장히

난해한 외부의 소리도 들었거든."

"어떤 소리요?"

"가령 청력이 미치는 범위를 훨씬 벗어나는 소리 말이야."

하딩 선생은 창문 바깥의 뜰을 그윽하게 바라봤다.

"네가 아장아장 걸어 다닐 때 너희 아빠가 이런 말을 한 적이 있었어. 해머스미스로 향하는 지하철 안에 있는데 저 멀리 스트로베리힐에 있는 네 울음소리가 들렸다고 말이야. 그런데 집에 가니까 그 소리를 들은 바로 그 순간에 네가 넘어져서 거의 눈이 빠질 지경으로 울었다고 하더래. 너희 아빠 네 울음소리를 생생하게 들었다고 하더구나. 그걸 어떻게 설명할 수 있을까?"

"저야 설명할 수 없죠."

"나도 그래. 그건 너희 아빠도 마찬가지였을 거야. 아마 누구라도 설명할 수 없을걸."

루크는 나탈리의 울음소리를 생각했다. 아주 먼 곳에서도 어떻게 그 소리가 들리는지도.

하딩 선생이 말을 이었다.

"네 아빠 그 밖에도 믿기지 않는 소리를 들었어. 항상은 아니고 가끔 그런다고 했지만. 의식이 확장되는 순간에 그 누구도 듣지 못하는 소리가 들리는 것 같다고. 벌레가 땅 위를 기어 다니는 소리나 먼 곳에 있는 사람의 발소리나 목소리 같은 거 말이야. 행성이 우주공간을 움직이는 소리를 들은 적도 있다고 말했지. 그러면서 우주에는 어떤 화음이 존재하는데 주의 깊게 귀를 기울이면 그 소리가 들린다고 했단다."

하딩 선생은 루크를 다시 처다봤다.

"너희 아빠가 거짓말을 했거나, 착각을 했거나, 혹은 진실을 말했거나 셋 중 하나겠지. 무엇을 믿을지 선택은 네가 하렴."

그러더니 갑자기 짓궂은 미소를 지으며 말을 이었다.

"루크, 이건 그냥 해본 말이야. 너도 그렇고 나도 그렇고 선택을 할 필요는 없어. 넌 너의 경험을 확신하고 난 너희 아빠 말을 확신하니까."

두 사람 사이에 침묵이 흘렀다. 루크에게는 여전히 그 소리가 들렸다. 이제는 희미하게 웅얼거리는 소리로 바뀌긴 했지만.

"그 소리들이 저를 혼란스럽게 해요."

하딩 선생이 앞으로 몸을 기울이며 말했다.

"나도 안다. 하지만 중요한 건 그 소리가 너한테 해가 되지 않을 거라는 거다. 너희 아빠였대도 그렇게 말했을 거란다. 그 소리는 전혀 두려워할 게 아니라고 종종 말했거든. 언젠가는 오히려 그 소리가 너한테 위안이 될 거란다. 너희 아빠도 그런 경험을 했으니까."

"아빠가 선생님한테 이런 얘기를 많이 했었나요?"

"그렇게 많이 하진 않았어. 우리는 온갖 얘기를 특히, 음악 얘기를 많이 나눴지만 이런 얘기는 그다지 많이 하지 않았지. 너희 아빠 그 얘기를 아주 조심스러워했고 난 그 점을 존중했거든. 아주 이따금 터놓고 얘기를 할 때가 있었는데 그럴 때마다 나는 어떤 특권을 누리는 기분이 들었지. 네 얘기를 들을 때도 그런 기분이 들어. 루크, 너희 아빠 너랑 아주 비슷했어. 너처럼 감각이 예민했고 쉽게 상처받았고 음악적 재능이 뛰어났고……."

"저보다 훨씬 뛰어나셨죠."

"아냐, 그렇진 않아. 만일 너희 아빠가 지금 여기 있었다면 내 말에 동의했을 거다. 그런데 희한하게도 난 너희 아빠가 여기 있는 것 같은 기분이 드는구나. 참 이상하지?"

루크는 온몸이 굳는 느낌이었다. 하딩 선생의 마지막 말이 묘하기도 했지만, 무엇보다 스스로도 아빠가 계속 근처에 있다고 느꼈기 때문이다. 그것도 아주 가까이. 하지만 그의 눈에 보이는 사람은 반쯤 감은 눈으로 자기를 바라보는 하딩 선생뿐이었다.

"그래, 너희 아빠는 너랑 정말로 비슷했어. 하지만 너처럼 그렇게 혼란스러워한 적은 없었지. 하긴, 그때 너희 아빠는 너처럼 아빠를 잃지 않았으니까."

루크는 눈길을 돌렸다. 생각의 초점이 여전히 아빠에게 가 있었다. 여기 어딘가에 아빠가 있다. 그는 느낄 수 있었다. 그런데 왜 눈에는 보이지 않는 걸까? 그는 이전부터 하딩 선생에게 하고 싶었던 다른 질문을 떠올리며 억지로 아빠 생각을 떨쳐냈다.

"하딩 선생님?"

"그래, 루크."

"단지…… 단지 소리만은 아니에요. 저를 혼란스럽게 하는 것이요."

"나도 알아. 눈에 보이는 것도 그럴 거야. 색깔과 형상 같은 것 말이지."

루크는 그를 가만히 쳐다봤다.

"선생님은 어떻게 이 모든 걸 아세요? 제 머릿속에 사시기라도 하는 거예요?"

"하하, 다행히 그렇진 않단다. 거기는 지금 분명 복잡한 곳일 테니까. 음악적으로 본다면 끌리겠지만 내겐 벅찬 곳이라서 말이야. 하긴 천재들은 항상 그렇게 예민하게 살았으니까."

"전 천재가 아니에요. 아빠는 천재였지만 전 아니에요."

"아, 또 그런 소릴 하는구나. 넌 아빠랑 비교하면서 널 과소평가하고 있어. 자, 이제 쓸데없는 언쟁은 벌이지 말자."

그가 루크를 보며 미소를 지었다.

"난 음악을 들을 때 네 눈에 색깔과 형상이 보인다는 사실을 안다. 넌 너희 아빠랑 무척 닮았거든. 너희 아빠도 그런 것을 봤단다. 극소수의 사람들이 그랬던 것처럼 말이야."

루크는 어제 엄마와 나눴던 이야기를 떠올렸다. 스트로베리힐에 있던 집 부엌을, 식탁 위의 오각별 모양을, 잠든 자신을 한 팔로 안고 있는 아빠의 모습을 생각했다. 그런데 그 순간 하딩 선생이 입을 벌리더니 갑자기 어떤 음을 냈다. 그는 약간 흔들리는 목소리로 소리를 내더니 이내 웃음을 터뜨렸다.

"그래, 나도 안다. 요즘엔 음을 내려고 해도 노랫소리가 아니라 꼭 방귀소리 같다니까. 나이 들면 어쩔 수 없지. 그건 그렇고, 내가 냈던 음이 뭐였니?"

"레와 미 플랫 사이요. 레에 더 가까운."

"음."

하딩 선생이 설핏 미소를 짓더니 루크를 잠시 쳐다봤다.

"그러면 어떤 색이 보이더냐?"

"초록색이요."

"조금도 망설이지 않고 말하는구나."

"그 음을 듣자마자 초록색이 보였어요."

"그렇구나. 그럼 네가 한번 음을 내보렴."

"어떤 음이요?"

"시 음을 내봐."

루크가 입을 벌려 소리를 냈다. 하딩 선생은 몸을 일으켜 피아노로 걸어가더니 시 음을 쳤다.

"정확하구나. 기대 이상은 아니지만."

그는 이 말을 하고는 뒤돌아 루크를 바라봤다.

"시 음에선 어떤 색이 보이니?"

"다양해요. 시 메이저에선 주로 선홍색이 보여요. 시 플랫 메이저에선 한 가지 이상의 색이 보이는데, 보통 푸른색과 노란색이 보여요."

하딩 선생이 안락의자로 돌아와 다시 앉으며 말했다.

"놀라워. 아주 재미있구나. 너희 아빠랑 어쩜 그리 비슷하니."

"아빠도 저와 똑같은 색을 보셨나요?"

"네가 본 것과 같은 색을 봤는지는 모르겠지만 아무튼 너희 아빠도 색을 봤지. 그런데 무슨 소리를 들어도 색이 보이는 거니?"

"항상 그렇진 않아요. 형상이 보일 때도 있고 그림이 보일 때도 있어요."

루크는 〈숲의 평화〉를 생각했고 머릿속에 물밀듯 밀려들던 나무와 나뭇잎과 햇살의 영상을 떠올렸다. 자기 어깨에 기대어 자기와 똑같은 영상을 보던 나탈리 생각도 했다. 하딩 선생이 턱을 어루만지며 말했다.

"신기하지 않니? 음악에 색깔과 형상이 있다는 게. 너한테는 그렇게 신기하지 않을 수도 있지만. 혹시 금속판 위에 모래를 뿌리고 다양한 음을 연주하면 모래가 움직여서 어떤 형상을 이룬다는 거 알고 있니? 그런 실험을 했다고 하더구나."

"누가요?"

"글쎄, 그건 모르겠네. 이 현상을 이해하는 똑똑한 사람들이 했겠지. 과학자나 뭐 그런 사람들. 가루하고 액체하고 새모이를 갖다놓고 음악을 연주하는데 음조가 변할 때마다 그 형상도 기하학적인 형태로 변했다고 했어. 원, 삼각형, 사각형 같은 걸로 말이야. 나도 실험사진을 봤는데 형상이 정말로 아름답더구나. 소리를 영상으로 바꾸는 장치도 그 사람들이 고안했어. 놀랍지 않니? 헨델의 〈메시아Messiah〉가 연주되니까 오각별 모양이 만들어졌다고 하더구나."

루크는 아빠의 오각별 그림을 다시 생각했다. 그리고 나탈리가 피아노 위에 그렸던 그림과 그랜지 거실에 걸려 있던 사진을 생각했다. 두 눈을 감을 때 이따금 보이는 영상을 생각했고 상상 속에서 보았던 반짝이는 별을 생각했다. 그리고 하딩 선생에게 들은 모든 이야기를 생각했다. 그는 그 어느 때보다 혼란스러운 기분으로 바닥을 내려다봤다.

"저는…… 제게 일어나는 현상을 이해할 수 없어요. 그 소리며 형상이며 색깔도요."

옆집 차고에서 망치 소리가 들렸다.

"저 망치 소리가 왜 저한테는 솔 음으로 들리는 거죠? 왜 모든 사람한테 그렇게 들리지 않는 건가요?"

"우린 못 들어. 그냥 그런 것뿐이야."

"우리라뇨?"

"그러니까 난 저 망치 소리가 솔 음으로 들리지 않아. 너처럼 음높이를 완벽하게 파악하지 못하지."

"완벽한 솔 음은 아니에요. 솔 음에서 약간 벗어나 있어요. 약

사분의 일 정도."

하딩 선생은 소리 없이 웃을 뿐 아무 말도 하지 않았다.

"하지만 왜죠? 전 이해할 수 없어요."

"그냥 자연스럽게 받아들이렴. 그게 너한테 강점이 되는 것도 아니고 그런 경험을 못하는 사람에게 결점이 되는 것도 아니야. 그냥 네가 그렇게 타고난 거야. 너희 아빠도 마찬가지고. 너희 아빠 다른 사람들이 듣지 못하는 소리를 들었어. 아까도 말했지만 사람과 동물과 나무에서도 고유한 소리를 들었고. 너도 곧 그런 경험을 하게 될 거야."

루크는 나탈리와 엄마와 로저 길모어 씨를, 스킨과 하딩 선생과 미란다를, 그리고 아빠를 생각했다. 맞는 말이다. 그들 각자에 게는 하딩 선생의 표현대로 지문과도 같은 고유한 소리가 있었다. 너무 미묘해서 정말로 귀 기울이지 않으면 포착하기 어려운 소리. 의식적으로 깨닫지 못해서 그렇지 그는 이제껏 쭉 그 소리를 들어왔다. 만일 그날 그 수사슴을 보았더라면 루크도 아빠처럼 사슴의 고유한 소리를 들었으리라.

하딩 선생이 갑자기 생각났다는 듯 물었다.

"나한테는 어떤 종류의 소리가 들리니?"

"좋은 소리요."

하딩 선생이 그를 손으로 쿡 찌르며 말했다.

"거짓말, 예의 차리지 말고 사실대로 말해봐."

루크가 열심히 귀를 기울이는 동안 두 사람 사이에 잠시 침묵이 흘렀다. 잠시 후 루크가 고개를 저었다.

"아무 소리도 안 들려요. 이래서 제가 아빠를 따라갈 수 없다니까요."

하딩 선생은 루크를 잠시 바라보다가 미소를 지었다.

"만약 그 고유한 소리가 내 감정과 같은 거라면, 나야 그 소리를 듣지 않고도 알 수 있지. 난 네가 그 소리를 들었다는 걸 알아. 넌 그저 말하고 싶지 않은 게지. 괜찮다. 다 이해한다. 넌 지금 내가 얼마나 외로운지 말할 수 없는 거야. 너한테서 그런 말을 들으면 내가 슬퍼할 거라고 생각하니까."

"전……."

"괜찮다. 이런 얘기는 이제 그만할까."

하딩 선생이 시계를 쳐다보며 말했다.

"미란다의 레슨 준비를 해야겠구나."

"아, 알겠어요."

루크는 자리에서 일어서려고 하다가 여기에 온 원래 이유를 갑자기 떠올렸다.

"선생님?"

"응, 루크."

"어떤 피아노곡이 계속 머릿속을 맴돌아요. 몇 년 전에 누군가 연주하는 걸 들은 적이 있는데, 아빠 말이에요. 선생님이 그 곡을 아시는지 궁금해서요."

"멜로디를 한번 쳐보렴."

하딩 선생의 말에 피아노로 잽싸게 걸어가 나탈리가 흥얼거렸던 음을 치기 시작했다. 도, 레, 미, 미, 라, 라, 레, 미, 파, 파, 시, 시……. 음과 박자를 잘 맞춰 쳤다. 그가 계속 치려고 하는데 하딩 선생이 그만하라는 몸짓을 했다.

"차이코프스키의 〈꿈Reverie〉이야. 확실해. 몇 소절 더 쳐보렴."

루크가 연주를 하자 하딩 선생이 고개를 주억거리며 말했다.

"맞아, 〈어린이를 위한 앨범Album for the Young〉에 들어 있는 곡이지. 그만 쳐보렴."

하딩 선생은 자리에서 힘들게 일어나 선반 쪽으로 걸어가더니 잠시 후 녹색의 얇은 악보집을 꺼냈다. 애정 어린 눈빛으로 잠시 물끄러미 쳐다보다가 그것을 피아노 위에 올려놓았다.

"좋은 곡들이지. 네가 모른다니 의원걸. 넌 〈꿈〉이란 곡을, 차이코프스키가 붙인 제목으로는 〈달콤한 꿈Douce Reverie〉을 친 거야. 어디 보자, 내가 찾아보마."

그는 악보를 후루룩 넘겨 보며 그 곡을 찾아냈다. 그러고는 악보대에 그 페이지를 펼쳐놓고 평평하게 눌렀다.

"자, 연주해보렴."

선율이 흐르자 아빠의 존재가 자신의 손가락 움직임을 따라, 음악을 따라 그리고 자신의 모든 감정을 따라 움직이는 듯한 느낌이 들었다. 마음속에서 울컥하는 게 치고 올라왔다. 그리고 수년 전에 이 곡을 쳤던 아빠 생각에 휩싸여 중간에 연주를 멈추고 말았다. 눈앞에 펼쳐진 악보가 좀 더 연주해달라고 말하는 것 같았지만 그럴 수가 없었다. 눈물이 차올라 시야가 흐려졌다. 하딩 선생이 그의 어깨에 손을 얹으며 말했다.

"일어나보렴. 이 노인네가 한번 쳐보마."

루크는 하딩 선생에게 의자를 비워줬다. 선생은 루크가 멈췄던 부분을 이어서 연주하기 시작했다. 루크는 두 눈을 감고 선율을 음미했다. 잠시 후 하딩 선생의 목소리가 들려왔다.

"좋은 곡이지 않니? 몽상곡이라기보다 자장가 같아. 누군가 이 곡을 자장가로 연주하는 모습이 상상되는구나."

루크는 살포시 눈을 감았다. 다시 아빠가 느껴졌고 그와 동시에 앞 못 보는 어린 소녀의 존재도 느껴졌다. 오래전 아빠가 연주했던 곡을, 이 노인의 주름지고 늙은 손가락처럼 연약한 목소리로 흥얼거리던 그 소녀. 음악이 끝나고 루크는 침묵했다. 하딩 선생은 침묵을 깨지 않고 묵묵히 기다렸다. 눈을 뜨니 바로 앞에서 하딩 선생이 그를 말끄러미 바라보고 있었다.

"이번에는 어떤 색이 보였니?"

"푸른색이요. 바다처럼 진한 푸른색이요."

"그리고?"

"금색이요. 가장자리를 둘러싼."

"다른 건?"

"한가운데 있는 작은 흰색 반점이요. 그게 뭐였는지는 모르겠어요."

말은 그렇게 했지만 그게 뭔지 루크는 아주 잘 알고 있었다. 그가 모르는 것은 그것을 하딩 선생에게 숨겨야 한다고 느끼는 이유였다. 그러나 선생은 숨긴다고 모를 사람이 아니었다.

"그건 별이야."

"어떻게 아셨어요?"

"너도 알고 있었구나?"

"그렇긴 하지만…… 어떻게 아셨어요?"

"그냥 직감으로."

"직감이 아닌 것 같은데요."

"그럴 수도 있고."

루크는 선생을 가만히 응시했다. 그가 자기 머릿속을 꿰뚫어 보는 것 같았다.

"제 눈에 계속 보여요. 이…… 이 별이 말예요."

"네 아빠도 그렇게 말했었단다."

"더군다나 이제는…… 제가 그 별을 찾고 있어요."

"그걸 찾는다고?"

"네."

"글쎄, 그럴 필요는 없을 것 같은데."

"그게 무슨 말씀이세요?"

"네가 그 별을 찾을 필요는 없을 거야. 내 생각엔 그 별이 너를 찾고 있는 것 같거든. 그 별이 널 찾는 일이 그다지 어려울 것 같지는 않지만."

"이상한 얘기네요."

"그렇겠지."

"그런데 그 별이 뭔가요?"

노인이 미소를 지으며 대답했다.

"전에 내가 너희 아빠한테 똑같은 질문을 한 적이 있거든."

"정말요? 아빠는 뭐라고 하셨나요?"

"원시적인 소리의 상징이라고 했지. 그리고 다른 세계로 들어가는 문이라고도 했어."

두 사람 사이에 긴 침묵이 흘렀다. 루크가 고개를 가로저으며 말했다.

"여전히 이해가 안 돼요. 이 모든 게 다요."

"나 역시 그래. 하지만 우리에게 일어나는 모든 현상을 반드시 이해해야만 행복한 건 아니란다. 이건 금속판에 만들어진 모래 무늬와 같은 거야. 그 원리를 믿든 믿지 않든, 소리는 형상을 만들어내지. 얼마나 이해하는가 하는 건 어쩌면 별로 중요하지 않을지도 몰라. 중요한 건 그러한 소리와 색깔과 영상이 너한테 해가 되지 않는다는 사실을 아는 일이지."

"그럼 전 어떻게 해야 하죠?"

"그 소리를 네 친구로 삼아봐. 너희 아빠가 했던 것처럼. 그것 들을 믿어. 너한테 해가 되지 않으니까. 그리고 언젠가는 위안이 될 수도 있으니까."

루크가 따지듯 물었다.

"왜 하필 저한테죠? 왜 저한테 이런 소리가 들리고 별 같은 게 보이는 거죠?"

하딩 선생은 곧바로 대답하지 않았다. 그 대신 피아노 의자에서 일어나 악보를 집어 들더니 루크에게 건넸다.

"자, 이거 선물이야. 네가 갖고 있으면 좋겠구나."

"아니에요. 저도 구할 수 있어요. 집에 있을지도 모르고요. 본 적은 없지만."

"받아. 날 위해서. 그리고…… 잠깐만 기다리렴."

하딩 선생은 펜을 가져와 앞표지 안쪽에 짤막하게 글을 썼다.

좋은 친구 루크에게
안전하고 행복한 여정이 되길 바란다.

행운을 빌며, 그레이엄 하딩

"여정이요?"

선생이 글을 쓰는 것을 지켜보던 루크가 물었다.

"무슨 여정이요?"

"언젠가는 이해하게 될 게다. 뭐, 이해 못해도 괜찮아. 내가 무슨 말을 하는지는 더 묻지 마라. 나도 나를 모를 때가 정말로 많으니까."

하딩 선생은 루크에게 악보를 다시 건네고는 그의 어깨에 한쪽 팔을 둘렀다.

"이제 너를 쫓아내야 되겠다. 미란다가 오기 전에 할 일이 몇 가지 있거든. 게다가 미란다는 대부분 레슨 시간보다 일찍 도착하거든. 그 깜찍한 애가 말이야, 내가 담소 나누는 걸 엄청 좋아한다는 걸 파악하고는 그렇게 일찍 나타나서 즐거움을 선사한다니까. 주변에 좋은 사람들이 이렇게 많으니 난 정말 행운아야."

하딩 선생이 갑자기 목소리에 힘을 주면서 말했다.

"너한테 왜 그런 소리가 들리고 그런 영상이 보이냐고 물었지. 그건 나도 모른단다. 다른 사람들은 안 그런데 너랑 네 아빠를 포함한 특정한 사람들이 왜 그런 경험을 하는지는 나도 모르겠어. 하지만 한 가지 내가 아는 사실이 있지. 네가 소리굽쇠를 치면 가청범위 내에 있는 다른 소리굽쇠도 똑같은 빈도로 진동한단다."

루크는 하딩 선생이 계속 말하기를 기다렸지만 선생은 입을 굳게 다물고 열지 않았다. 해야 할 말을 이 모호한 말로 충분히 전달했다는 듯이.

"무슨 말인지 모르겠어요."

한참을 가만히 기다리다가 결국 루크가 입을 뗐다.

하딩 선생은 현관까지 함께 걸어가다 멈춰 서서 말했다.

"루크, 어쩌면 우린 모두 일종의 소리굽쇠일지도 몰라. 다만 어떤 사람들은 다른 사람들보다 더 민감하게 반응하는 게지. 너와 네 아빠처럼 민감한 사람들은 에테르를 통해 울리는, 다른 사람과 동물의 진동을 느끼는 건지도 몰라. 어쩌면 우주 전체의 진동을 느끼는지도 모르고."

"창공이 노래한다……."

엄마의 얘기를 떠올리며 루크가 중얼거렸다.

"그래. 너희 아빠 표현대로 창공이 노래하지. 위아래에서."

하딩 선생이 나직이 말했다.

"위, 아래에서요?"

루크는 이렇게 물으면서 속으로 엄마가 했던 그 비슷한 말을 떠올렸다.

"그래, 창공이 하늘에만 존재한다고 단정 짓는 어리석음을 범하진 말거라. 여기까지만 말하마. 너무 철학적으로 깊이 파고들면 복잡해지니까."

하딩 선생이 현관문을 열었다.

"어쩌면 본질은 훨씬 더 단순할 수 있거든."

그러고는 루크가 팔 아래 끼운 악보를 고갯짓으로 가리키며 말했다.

"어쩌면 인생은 어떤 곡조에 지나지 않을지도, 차이코프스키의 곡 제목처럼 한낱 짧은 꿈에 지나지 않을지도 몰라. 그래, 잠에서 깨어나 보면 우리가 여태 꿈을 꾸고 있었다는 사실을 알게 될지도 모르지."

루크가 길 위로 한 발을 내딛다가 뒤를 돌아보며 물었다.

"우리 삶이 한낱 꿈에 지나지 않는다면 사람들은 왜 그렇게 많은 상처를 받는 걸까요?"

하딩 선생이 미소를 머금고 나지막이 대답했다.

"그건 나도 모른단다."

23

엄마는 입을 굳게 다물고 식탁에 앉아 있었다. 엄마의 눈을 보자마자 루크는 자신이 난처한 상황에 처했음을 알았다.

"셸 선생님한테서 전화가 왔었다."

엄마는 큰 소리를 내지도, 고함을 치지도 않았다. 감정을 가까스로 억누르는 목소리였다. 그러다가 숨을 크게 내쉬고 말했다.

"엄만 배신감이 든다. 너랑 안 싸우려고 정말 많이 노력했어. 너한테 잔소리하지 않으려고 애썼어. 아빠를 잃은 아픔을 이겨낼 시간을 주려고 애썼고, 또…… 널 믿으려 애썼어. 그런데 넌 날 비웃는 것 같구나."

"내가 엄마를 비웃다니, 그게 무슨 말이야."

"불량한 녀석들과 어울려 다니고, 말썽 피우고, 거짓말하고, 전

에는 안 그랬는데 사람들한테 무례하게 굴고, 이제는 이틀 연속
으로 무단결석까지 하다니. 네가 쓴 그 메일을 셸 선생님이 정말
믿을 거라고 생각했니? 더구나 내 이메일 주소로 발송된 것도 아
닌데? 어제 전화하려다가 패거리의 다른 애들은 학교에 나왔기
에 하루 미뤘다고 하시더구나. 하지만 오늘 아침에는 내게 전화
를 하셨지."

"죄송해요."

엄마가 루크를 올려다보며 말했다.

"엄마는 수치심이 들어. 부끄럽다고. 왠지 아니? 네가 그렇게
만들었기 때문이야. 넌 엄마가 남자를 만나는 게 마치 용서할 수
없는 죄인 것처럼 몰아붙였지. 그래, 그건 중요치 않아. 하지만
이전이나 지금이나 엄마가 너만큼 슬퍼하지 않는다고 생각하는
건 옳지 않아. 그리고 셸 선생님같이 점잖은 분이나 마을 사람들
이 나를 너처럼 고집불통에다가 신뢰하지 못할 사람으로 생각하
는 것 같아서 부끄러워. 아들의 행실 하나 단정하게 잡아주지 못
하는 엄마니까 말이야. 난 그게 정말 수치스럽다."

"엄마……."

"그뿐만 아냐. 거짓말하기도 이제 정말 질렸다. 네가 겉으로는
공격적이고 퉁명스러워도 마음이 선하고 본디 사랑스러운 아이
라고, 널 계속 지켜보면 그 사실을 알게 될 거라고 사람들을 설득
하는 내 모습이 부끄러워."

"엄마······."

"저리 좀 가줄래?"

"엄마."

"저리 좀 가란 말이야!"

엄마는 한 손으로 두 눈을 가렸다.

"아냐, 가지 마······ 난 그저······ 글쎄, 나도 모르겠다······."

루크가 엄마를 가만히 쳐다봤다.

"죄송해요."

"왜 그랬니?"

"왜 죄송하냐고요?"

"아니, 왜 결석한 거니?"

루크는 나탈리와 그 아이의 어둡고 혼란한 세계를 생각했다. 비밀을 지켜달라고 당부한 퉁명스러운 노파를 생각했다. 그리고 자기 피를 원하는 녀석들을 생각했다. 그러나 엄마에게 그 무엇 하나도 말할 수가 없었다.

"난 그냥······."

"그냥 뭐?"

"혼자 있고 싶었어요."

팽팽한 긴장감과 함께 긴 침묵이 흘렀다. 침묵에 지쳐 루크가 무겁게 입을 열었다.

"내일은 학교에 갈게요."

"그럴 거라고 믿는다."

엄마는 눈에서 손을 떼고 루크를 쳐다봤다.

"엄마가 차로 태워다줄 거야. 아홉 시에 셜 선생님과 면담이 잡혀 있다."

다음 날 아침 이루어진 셜 선생과의 면담은 그렇게 걱정할 만한 일이 아니었다. 면담은 루크가 예측한 그대로 진행됐다. 셜 선생님이 질문하면 그가 거짓말을 하는 식으로.

어디 갔었니? 숲에요. 이틀 다? 네. 하루 종일 숲에 있었어? 네. 뭘 했는데? 나무를 탔어요. 무단결석은 왜 했니? 혼자 있고 싶었어요.

이 대답은 아주 틀린 말은 아니었다. 하지만 그는 대화에 집중할 수가 없었다. 입으로는 대답을 하면서도 마음속에는 두려움이 가득 차올랐다.

스킨 패거리. 그들은 오늘 분명히 자신의 뒤를 밟을 것이다.

면담은 평소대로 진행되다가 끝이 났다. 셜 선생이 질책하면 루크가 뉘우치는 척하고, 또 질책하면 또 뉘우치는 척하고, 셜 선생이 기회를 한 번 더 준다며 회유하는 말을 하면 루크가 감사하는 척하는. 이 과정이 거의 마무리될 무렵 엄마 얼굴을 쳐다봤다. 그리고 처음으로 마음에서 우러나는 깊은 죄책감을 느꼈다. 면담이 끝나고, 잠시 후 엄마가 자리를 떴다. 이제부터가 정말로 중요한 일을 할 시간이다.

적어도 오늘은 스킨 패거리와 같이 듣는 수업이 없다. 영어수업 빼고는 같이 듣는 과목이 없었는데 영어수업은 면담시간과 겹쳐서 정당하게 빼먹었다. 하지만 쉬는 시간과 점심시간, 그리고 통학버스를 타고 집으로 돌아가는 시간이 남았다. 쉬는 시간에는 음악실에 가기로 했다. 운이 좋다면 페리 선생이 거기 있을 테고, 그렇다면 스킨 패거리가 자신을 난폭하게 대하지 못할 것이다. 음악실에 가니 페리 선생이 여학생 두 명의 키보드 연주를 유심히 듣고 있었다. 그녀는 루크가 다가오는 모습을 보고 한쪽 눈썹을 추켜올리며 경쾌한 목소리로 말했다.

"아니, 이게 누구야. 명연주가께서 다 행차하시고."

그 말에 여학생들이 연주를 멈추고 쳐다봤다. 루크는 무슨 말을 해야 할지 몰라 멀뚱히 서 있었다.

"미란다 데이비스가 널 찾던데. 그래서 너는 우리 같은 사람들과 달리 워낙 고귀한 양반이라 이젠 이곳에 오지 않을 거라고 얘기했는데. 널 여기에서 보다니 정말 의외로구나."

페리 선생의 농담에는 워낙 익숙했기 때문에 그저 잠자코 듣고 있었다. 선생이 여학생들을 보며 말했다.

"내가 만난 사람 중에 음악적 재능이 가장 뛰어난 인물인데 말이야, 타고났지, 정말. 그런데 과연 내가 학교 연주회에 이 인물을 참가시킬 수 있을까? 어림없겠지? 뭐, 미친 짓인지도 몰라. 싸움을 거부하는 아킬레스(그리스 신화에 나오는 그리스군의 영웅_옮긴이) 같은 애거든."

"누구예요?"

한 여학생이 물었다.

"나중에 말해줄게."

페리 선생이 눈을 찡긋하며 루크에게 몸을 돌렸다.

"그래 무슨 일이니? 피아노 수업은 없잖아."

루크가 어깨를 으쓱하며 대답했다.

"그냥…… 그냥 오고 싶었어요. 음악도 듣고요."

"이 곡 괜찮지 않았니?"

페리 선생이 여학생들에게 웃어 보이며 말했다.

"이 아이들 실력이 대단해. 이걸 둘이서 직접 작곡했는데, 어떻게 하면 조금 더 좋게 만들 수 있나 생각하면서 손을 좀 보고 있었지. 자, 얘들아. 여기 있는 전문가를 한 번 더 놀라게 해주자꾸나."

놀란 얼굴로 자신을 쳐다보는 두 여학생에게 선생이 밝게 미소 지으며 말했다.

"아직 마무리가 안 된 건 알지만 괜찮아. 루크는 개의치 않을 거야. 겉으로는 센 척해도 원래 착한 녀석이거든."

여학생들은 연주를 시작했고 루크는 자리에 앉아 연주를 들으며 쉬는 시간이 끝나기를 기다렸다. 어떻게 하면 스킨 패거리에게 붙잡히지 않을까 생각하면서.

그런데 수고한 보람도 없이 결국 스킨에게 붙잡히고 말았다. 점심시간이었다. 학생들과 식당 직원들로 붐비는 구내식당에 있으면 안전할 거라는 안일한 생각이 문제였다. 마침 떠들썩한 아래 학년 아이들 틈에서 빈자리를 발견하고 앉았는데, 얼마 지나지 않아 그 아이들이 식사를 마치고 자리를 떠나버렸다. 그러고 나자 바로 그 빈자리를 다른 녀석들이 차지하고 앉았다. 다름 아닌 스피드와 다즈, 그리고 스킨이었다. 그들은 루크를 둘러싸고 한참을 무섭게 노려보기만 했다. 그러다가 스킨이 그에게 몸을 기울이며 갈라지는 목소리로 말했다.

"넌 끝났어."

"그게 무슨 말이야?"

자신만만한 목소리를 내려고 애썼지만 자기가 듣기에도 침울한 목소리였다. 스킨이 냉랭한 목소리로 말했다.

"넌 이제 죽었다는 뜻이지."

한기가 온몸을 타고 흘렀다. 근육이 굳는 느낌이 들었다. 그때 갑자기 누군가 그의 어깨를 톡톡 쳤다. 움찔해서 돌아보니 미란다가 옆에 서 있었다.

"안녕."

"어어, 안녕."

루크는 스킨 일당의 시선을 의식하며 어색하게 미란다를 올려다봤다. 그렇지만 미란다는 그들을 알아보지 못한 것 같았다.

"시간 좀 있니? 페리 선생님이 찾던데? 음악실로 오라고 했어. 점심 다 먹었으면 가자."

식사는 거의 시작도 안 했지만 그는 곧바로 접시를 들고 자리에서 벌떡 일어났다.

"그래, 가자. 다 먹었어."

그때 스킨이 미란다를 불렀다.

"미란다?"

미란다는 그제야 스킨을 바라봤고, 스킨은 느물느물한 미소를 지으며 인사했다.

"안녕!"

"안녕."

"잘 지내냐?"

"응."

스킨이 손을 뻗어 루크 접시에서 감자튀김 한 개를 집었다.

"이 녀석이 안 먹으니까."

감자튀김을 입에 넣고 우물거리던 스킨은 미란다를 쳐다보며 말했다.

"요즘도 타고 다녀?"

"뭘?"

"네 말."

"그럼."

"한동안 우리 집 앞을 안 지나가는 것 같아서. 침대 맡 창문에서 널 내다보는 게 꽤 즐거웠는데."

미란다는 아무 말도 하지 않았다.

"스피드도 승마에 관심이 있기는 한데……."

다즈도 루크의 감자튀김을 집어 먹으며 말했다.

"그런데 저 녀석을 태울 만큼 튼튼한 말을 찾을 수가 없나 봐."

스피드가 화난 얼굴로 쳐다봤지만 스킨과 다즈는 스피드의 시선을 무시했다. 대신 끈끈한 눈빛으로 미란다를 훑어봤다. 어찌 됐든 이 상황에서 미란다를 빼내야 했다. 루크가 일어나려 하는데 미란다가 먼저 말을 꺼냈다.

"있잖아, 미안한데…… 페리 선생님이 시간 되면 지금 바로 오라고 하셨어."

"응, 그래, 알았어."

두 사람은 구내식당을 나와 복도를 걸었다. 다행히 녀석들은 뒤따라오지 않았다. 구내식당에서 볼 수 없는 지점에 당도하자마자 미란다가 루크의 팔을 붙잡아 세웠다. 그가 놀란 눈으로 미란다를 쳐다봤다.

"왜 그래? 페리 선생님한테 가는 거 아니야?"

미란다가 그를 빤히 쳐다봤다.

"왜 그러냐고? 너야말로 왜 그래? 페리 선생님이 널 보자고 했다는 건 거짓말이야. 널 거기서 빠져나오게 하려고 내가 지어낸 얘기야. 도대체 무슨 일이야? 스킨하고 그 녀석들 표정이 심상치 않던데. 특히 스킨은 정말 널 잡아먹을 것처럼 쳐다보더라. 무슨 일 있는 거야?"

"얘기가 길어."

"말해봐."

"그럴 수 없어."

"그렇다면, 다른 사람한테라도 털어놔. 엄마께든 셜 선생님께든."

"안 돼. 다른 사람이 이해할 수 있는 일이 아니야."

"하지만 스킨이 널 죽일 듯이 쳐다보던데."

"아마 그럴 거야."

"루크! 누구한테든 지금 상황을 말해야 돼. 그게 무슨 일이든지 간에."

루크는 양미간에 힘을 주며 눈길을 돌렸다.

"그렇게 못해. 난…… 그렇게 못해."

두 사람이 복도에 그렇게 서 있는데 구내식당을 오가는 학생들이 정신없이 그들 옆을 스치고 지나갔다.

"밖으로 나가자. 여긴 너무 복잡해."

두 사람은 운동장을 지나 고등부 건물 쪽으로 갔다.

"아침 출석 부르는 시간에 안 보이던데."

"누굴 좀 만났어."

"학교 사람?"

"응."

"셜 선생님?"

"그래."

루크가 미란다를 쳐다봤다.

"어제 결석했거든. 그제도."

루크와 잠시 말없이 걷던 미란다가 다시 말문을 열었다.

"그러니까 너, 셜 선생님과도 그렇고 스킨과도 문제가 있는 거구나."

"그래."

"참 잘한다."

루크는 더 이상 말하고 싶지 않아서 시선을 내리깔았다. 미란다에게 말하기 시작하면 모든 전말을, 그러니까 침입사건과 나탈리 이야기까지 하게 될 것 같았다. 하지만 그럴 수는 없었다. 미란다에게 어떤 감정을 느낀다 해도 ―날이 갈수록 그 감정은 강해지고 있었다― 미란다를 자기 일에 끌어들일 수는 없었다. 엄마를 끌어들일 수 없는 것처럼. 미란다가 조금 누그러진 목소리로 말했다.

"루크, 굳이 나한테 말하지 않아도 괜찮아. 하지만 원한다면 언제든지 얘기해도 돼. 알겠지?"

"고마워."

두 사람은 다시 아무 말 없이 걸어서 담벼락에 도착했다. 미란다가 몸을 돌려 벽에 등을 기대자 루크도 똑같이 따라 했다. 두 사람은 그냥 그렇게 운동장을 멀거니 바라봤다. 그러다 루크가 불현듯 말했다.

"미란다?"

"응?"

"집에 가는 통학버스에서 내 옆에 앉아줄래? 스킨이 옆에 앉는 거 싫거든."

"어엇, 너 지금 나한테 잘 보이려고 하는 거야?"

루크가 재빨리 미란다를 쳐다보며 말했다.

"아, 아니야. 난 그런 의도로 말한 거 아냐."

"나를 다른 애들이랑은 다르게 생각하는 거잖아. 이거 기분 좋은데."

미란다가 재미있다는 듯 싱글싱글 웃으며 말했다. 하지만 루크는 장난기 어린 그 표정을 보지 못하고 당황해서 계속 말을 더듬었다.

"그, 그런 뜻으로 말한 게 아닌데."

"정말? 나 기분 나빠졌어."

미란다가 새침하게 말했다.

"아냐, 아냐, 그럴 거 없어."

당황하는 루크의 모습을 보고 미란다가 소리 내서 웃었다. 그제야 미란다를 바라본 루크가 수줍게 말을 꺼냈다.

"사실 너랑 앉고 싶기도 했어."

"후훗, 그런데 말이야, 오늘은 같이 앉을 수가 없을 것 같아. 통학버스를 안 타고 가거든. 엄마가 데리러 오셔. 시내 나갔다가 돌아가는 길에 데리러 오신다고 했거든."

미란다가 갑자기 손을 뻗어 그의 팔을 잡았다.

"우리랑 같이 차 타고 가는 게 어때? 그러면 스킨도 피하고 내 옆에 앉을 수도 있잖아."

"너희 엄마가 그러라고 하실까?"

"당연하지. 우리 엄마는 너 좋아해. 그 이유는 묻지 말고."

"지난번에 봤을 때는 안 그러신 것 같던데."

"그건 연습시간에 너무 늦게 나타나서 그런 거지. 날 화나게 했으니까. 속으로는 널 좋아해. 우리랑 같이 가자."

"으응, 그러면 나야 좋지. 고마워."

루크가 미소를 짓자 미란다도 미소를 지어 보였다. 그는 미란다가 옆에 있다는 사실에 감사해하며 잠시 미란다의 얼굴을 바라봤다. 그러고는 눈길을 운동장으로 돌렸다. 그러자 마음에 그랜지의 풍경이 떠올랐다. 자신의 도움을 필요로 하는 작은 소녀도.

24

다시 그 울음소리가 들렸다. 소녀의 고통이 고스란히 느껴졌다. 예전에 루크의 아빠가 멀리서도 그의 울음소리를 들었던 것처럼. 오후 수업을 듣는 동안에도, 집으로 가는 차 안에서 미란다와 데이비스 아줌마와 얘기를 나누는 동안에도, 광장에서 집으로 걸어가는 동안에도 줄곧 그 아이의 울음소리가 들렸다. 집에 들어서자 엄마가 말했다.

"말 없는 전화가 또 걸려 왔었어."

"언제?"

그가 태연한 척하며 물었다.

"몇 분 전에."

"그 사람한테 뭐라고 말 좀 걸어봤어?"

"그럴 겨를도 없었어. 여보세요, 라고 말한 순간 저쪽편에서 끊어버렸거든. 번호를 추적할 수도 없었고."

엄마가 루크를 뚫어지게 쳐다보며 물었다.

"너 정말 전혀 모르는 일이니? 정말 네가 어울리는 녀석들 중 한 명 아니야?"

"설마. 그 애들이 왜 그냥 전화를 끊겠어?"

"내가 자기들을 싫어한다는 걸 아니까. 나랑 얘기하는 걸 꺼릴 수도 있잖아."

"걔네들이 엄마를 그렇게 무서워하는 것 같지는 않은데."

농담조로 말하려고 해봤지만 쉽지가 않았다. 마음이 복잡했다. 우선 최대한 빨리 나탈리에게 가봐야 한다. 하지만 지금 바로 나간다면 의심스러워 보일 게 뻔했다. 그럴듯한 구실을 찾아 머리를 굴렸다.

"뭘 그렇게 걱정하고 그래. 시간이 남아도는 정신 나간 녀석이겠지. 전화로 장난치는 사람이 얼마나 많은데. 그건 그렇고……."

그가 시계를 쳐다보며 말했다.

"지금 가지 않으면 늦겠다. 악보 좀 가져올게."

"어떤 악보?"

"차이코프스키."

루크는 음악실에서 〈어린이를 위한 앨범〉을 가져왔다.

"하딩 선생님이 이걸 줬거든. 봐요, 안에 글도 써주셨어."

하딩 선생이 적어준 글을 펼쳐 엄마에게 건넸다. 글을 읽는 엄마의 얼굴이 한결 밝아졌다.

"참 좋은 분이셔. 변함이 없으시고."

엄마가 미소를 지으며 말했다.

"너희 아빠도 연주회에서 그 곡을 연주했던 적이 있어. 아주 오래 전에. 한 10년은 됐을걸. 악보가 어디 있을 텐데…… 아빠가 연주한 후로는 못 본 것 같네. 이거랑은 다른 악보였거든. 내 기억으로는 표지가 밝은 청색이었어."

"연주회에서 이 중에 한 곡을 연주해볼까 생각중이야. 어쨌든 지금 가봐야겠어."

"어디로 가는데?"

"하딩 선생님 댁에. 같이 연습도 하고 연주회에 적절한 곡이 있는지 검토해보겠다고 약속했거든. 내가 말 안 했던가?"

"그런 말은 안 했지만 뭐, 괜찮아."

엄마가 악보집을 집어 들고 죽 훑어봤다.

"너한테는 좀 쉽겠구나. 좀 더 어려운 곡을 연주하는 게 어때? 리스트 곡 같은 거."

"아빠도 연주회에서 이 곡을 연주했다면서."

"그랬지. 그렇지만 아빠는 전집을 연주했어. 그건 그냥 프로그램의 일부였을 뿐이지. 다른 곡도 함께 쳤거든. 쇼팽이랑 드뷔시 같은 거."

"그 생각도 해봤는데 아직 결정은 안 했어."

엄마는 그의 표정을 읽고 악보집을 재빨리 건네주며 말했다.

"그냥 해본 말이야. 미안. 네가 어떤 곡을 연주하든 엄마가 상관할 일은 아니지. 그리고 솔직히 말하면 이번 연주회에 네가 참여한다는 사실만으로도 기쁘구나. 작년에 널 연주회에 참여하게 하려고 얼마나 애를 먹었니. 하딩 선생님께 안부 전해드려라."

"응, 알았어요."

"그리고 마을 사람들 모두 선생님이 은퇴하는 걸 원치 않는다고, 노리치로 떠난다는 말은 그저 농담이길 바란다고 전해주렴."

"아마 아닐 거야."

"뭐가? 농담이 아니라는 거니, 떠나는 게 아니라는 거니?"

"농담이."

"음, 그럴지도 모르지."

엄마는 잠시 아들을 바라보다가 두 팔을 뻗어 그를 끌어당겼다. 두 사람은 서로를 부둥켜안았다.

"오늘 학교에서는 괜찮았니?"

"응."

"셜 선생님 만나고 나서 기분 나쁘지 않았어?"

"응."

"이제 다 잘될 거야. 알았지? 앞으로 더 잘될 거야."

"응, 알아요."

엄마가 두 팔을 풀고 뒤로 물러섰다.

"저녁은 여섯 시 반에 먹을 거야."

"알았어."

"그때까지 올 거지?"

"응, 올게."

엄마가 루크에게 입 맞추며 말했다.

"그럼 이따 보자."

"네에."

다급해 보이지 않도록 일부러 느릿느릿 현관을 나섰다. 그리고 문이 닫히는 소리가 들리자마자 달리기 시작했다.

그랬지 안에서 나탈리의 울부짖는 소리가 들렸다. 루크는 현관문 밖에 서서 귀를 기울였다. 예상했던 것보다 훨씬 심했다. 단순히 우는 소리가 아니라 발작을 하며 내는 소리 같았다. 그는 악보집을 꽉 움켜쥐고 벨을 눌렀다. 리틀 부인이 나타났다. 부인은 창백하고 초췌해 보였다. 눈은 흐릿했으며 손은 떨리고 있었다. 부인은 아무 말도 하지 않고 옆으로 비켜섰다. 루크가 현관 마루로 들어서며 물었다.

"무슨 일 있어요?"

금방이라도 쓰러질 것처럼 보이는 노파가 가쁜 숨을 내쉬며 간신히 입을 열었다.

"나탈리의 상태가 너무 안 좋아. 이렇게 심한 적이 없었는데. 나는 도저히 진정을 못 시키겠어. 어제 네가 간 뒤로 한 시간 정도는 괜찮았는데 그 후부터 울고 신음하더니 낮에도 밤에도 계속 저러고 있는 거야. 밥을 먹이려고 해도 안 되고, 위층 자기 방에 데려가려고 해도 안 돼. 피아노 앞을 떠나려고 하질 않아. 피아노 건반을 탕탕 내리치다가 제대로 안 되니까 더 화를 내더구나. 잠도 전혀 안 잤어. 나도 그렇고. 온종일 울면서 신음했어. 저렇게 울부짖은 지는 한 시간쯤 됐고. 이제 어떻게 해야 할지 모르겠다. 네가 학교에서 돌아왔겠다 싶어서 전화를 걸었는데 너희 엄마가 받는 바람에 끊고 말았어."

"할머니일 줄 알았어요. 자, 피아노가 나탈리한테 도움이 될지 가서 봐요."

두 사람은 거실로 빠르게 걸어갔다. 잠옷을 입은 나탈리가 눈물을 흘리며 볼썽사납게 소파 위에 널브러져 있었다. 마치 못된 아이에게 험한 꼴을 당한 인형처럼 보였다. 나탈리는 그들이 들어오는 소리를 못 들었는지 쳐다보지도 않았다. 오직 계속 울부짖을 뿐 아무 말도 하지 않았다.

"나탈리, 누가 왔는지 아니?"

나탈리가 다시 울부짖었다. 루크가 울부짖는 나탈리에게 큰 소리로 말했다.

"나야. 나탈리, 나라고. 우스운 귀."

그래도 나탈리는 울음을 멈추지 않았다. 루크는 피아노 쪽으로 휘적휘적 걸어갔다. 그리고 악보집에서 〈꿈〉을 찾아 펼쳤다. 나탈리는 울부짖음을 잠시 멈추는가 싶더니, 숨을 한 번 내쉬고는 다시 울부짖기 시작했다.

"어떤 곡이니?"

리틀 부인이 물었다.

"나탈리가 좋아할 만한 곡이에요."

그가 조용히 연주를 시작했다. 효과는 곧바로 나타났다. 스위치를 탁 누른 것처럼 나탈리의 울부짖음이 멈췄다. 그는 손바닥에 닿는 건반의 느낌과 오랫동안 머릿속을 맴돌던 이 곡의 깊은 매력을 음미하면서 연주를 계속했다. 어째서 이 곡과 함께 나탈리가 떠올랐는지 그 이유는 여전히 알 수 없었지만 지금은 그런 것을 신경 쓸 때가 아니었다. 중요한 것은 그 곡이 마법의 힘을 발휘한다는 사실이다. 연주를 하면서 어깨 너머로 소녀를 흘긋 봤다. 나탈리는 전처럼 얼어붙은 듯한 표정으로 똑바로 앉아 있었다. 그는 그가 끌어낼 수 있는 모든 감정을 곡에 실어 최대한 부드럽게 연주를 끝냈다.

침묵이 흘렀다. 루크는 혹시라도 이 마법이 풀릴까 봐 가만히 앉아 침묵을 지켰다. 곁눈질로 보니 리틀 부인이 안락의자에 털썩 기대는 게 보였다. 완전히 기진맥진한 것 같았다. 나탈리 역시 그러하리라. 두 사람 모두에게는 절대적으로 잠이 필요했다. 소녀는 적어도 어느 정도는 진정된 듯 보였다. 하지만 그 상태가 오래가진 않았다. 잠시 후 코를 홀쩍이는 소리가 들리는가 싶더니 신음소리가 들리고 뒤이어 다시 울부짖는 소리가 들렸다.

"나탈리, 그만······."

리틀 부인이 중얼거렸다.

서둘러 〈숲의 평화〉를 연주했지만 울부짖음은 멈추지 않았다. 〈정령들의 춤〉으로 바꿔 연주했지만 변하는 건 없었다. 〈징글벨〉, 〈작은 별〉, 〈험한 세상에 다리 되어〉도 연주해봤지만 결과는 똑같았다. 그런데 마지막으로 〈꿈〉을 다시 한번 연주하니 울부짖음이 곧바로 멈췄다.

이 곡에 어떤 비밀이 있는 걸까? 나탈리에게 이 곡은 다른 곡과는 다른 어떤 의미가 있는 것 같았다. 연주를 하면서 이 곡이 끝나면 어떻게 해야 할까를 골똘히 생각했다. 나탈리라고 언제까지 울부짖을 수는 없을 것이다. 분명 어느 순간이 되면 기운이 빠지지 않을까? 지금은 조용하다고 하지만 아무 대책도 없이 이 곡만 반복할 수는 없는 노릇이다. 연주를 마치고 가만히 앉아 소녀의 반응을 조마조마하게 지켜봤다. 다행히 이번 침묵은 더 오래 지속됐다. 소파 쪽을 바라보니 나탈리는 눈을 반쯤 감고 머리를 쿠션에 기대고 있었지만 전혀 편안해 보이지 않았다. 팔다리가 아무렇게나 뒤엉켜 있었다. 잠잠하기는 했지만 잠든 건 아니었다. 그 순간 나탈리가 또다시 울음을 터뜨리려고 입 모양을 일

그러뜨렸다.

다시 〈꿈〉을 연주했다. 곡이 끝나면 아주 잠깐만 사이를 두고 다시 연주를 반복했다. 연주하고 또 연주하면서 곡은 끝나지 않는 꿈처럼 계속 흘러나왔다. 이제 거의 악보를 보지도 않고 ─사실 처음부터 거의 볼 필요는 없었지만─ 온 정신을 음악에 집중하며 연주했다. 연주를 하면 할수록 오히려 점점 더 곡에 빠져든다는 사실을 깨닫고 그는 적잖이 놀랐다. 아니 어쩌면 그 곡이 점점 자신에게 더 빠져드는 건지도 모른다는 기분이 들었다. 하지만 가장 기묘한 것은 연주를 할수록, 그리고 소파의 침묵이 계속될수록 마음이 더욱 차분해진다는 사실이었다. 곡이 또 한 번 끝나고 다시 처음으로 돌아가 연주하려던 그는 이제는 그럴 필요가 없다는 사실을 알아챘다. 나탈리는 곤히 잠들어 있었다.

소녀는 두 눈을 꽉 감고 몸을 둥글게 만 채 엄지손가락을 빨면서 부드럽고 고른 숨소리를 냈다. 그는 리틀 부인에게 시선을 돌렸다. 부인은 여전히 안락의자에 기대 있었는데 잠들지 않으려고 무던히 애를 쓰는 것 같았다. 지금은 잠들었지만 나탈리가 또 밤새 울부짖는 일이 발생하면 어떻게 해야 하나. 그는 리틀 부인의 눈을 바라보며 말했다.

"이제 어떻게 해야 해요? 그냥 저렇게 자도록 내버려둬요?"

리틀 부인이 고개를 저었다.

"저 아이를 침대에 눕혀야 해. 그래야 더 잘 자지. 계속 옆에 있어야 하니까 내 침대에 눕히는 게 낫겠다. 쟤도 거길 좋아하거든. 지난밤까지 거기에 있었지. 그런데 오늘 밤에는 상태가 어떨지 알 수 없구나."

노파는 하품을 했다.

"내가 아는 거라곤 지난밤 같은 밤을 또다시 보낼 자신은 없다는 거야."

"깨지 않고 쭉 잘지도 모르잖아요."

"그럴 수도 있지. 그러면 좋겠구나. 자, 위층으로 옮기자."

부인이 의자에서 몸을 일으키려 하는데 루크가 손을 뻗어 막았다.

"됐어요, 제가 할게요. 피곤하실 텐데."

리틀 부인은 조금도 주저하지 않고 의자에 몸을 다시 기댔다.

"다른 건 할 필요 없다. 지난밤에 이미 잠옷도 입혀놨으니까 그냥 저 애를 침대에 내려놓고 이불을 덮어준 뒤 잘 자는지 확인만 해줘. 나는……."

노파는 머리를 뒤로 젖혔다.

"그냥 여기 계세요. 제가 알아서 할게요."

루크가 말했다.

"아이를 위층으로 데려가야 할 텐데."

"네, 알아요."

"저 애가 가볍기는 해. 옮기기는 아주 쉬울 거야."

"알겠어요. 걱정 마세요. 할 수 있으니까."

"그래."

두 사람의 눈이 허공에서 마주쳤다. 루크는 처음으로 부인의 눈에 자신을 향한 친밀감이 어리는 것을 보았다.

"고맙다."

부인은 이렇게 중얼거렸지만 미소를 짓지는 않았다. 어쩌면 리틀 부인의 삶에 '미소'란 건 없는지도 몰랐다. 과거에는 그렇지 않았을지 모르지만. 설령 부인이 오래전에는 미소를 잘 짓는 사람이었다 해도 지금은 명백하게 아니다. 루크는 부인이 언제부터, 왜 그렇게 됐는지 궁금해졌다.

다시 나탈리를 내려다봤다. 정말 곤하게 잠들어서 안아 올려도 깰 것 같지는 않았다. 실제로도 아주 희미한 신음소리를 냈을 뿐 누웠던 자세 그대로 두 눈을 꽉 감고 몸을 둥글게 만 채 엄지손가락만 빨았다. 나탈리의 몸은 정말로 가벼웠다. 어찌나 가볍던지 마치 아기를 들어 올리는 기분이었다. 루크는 나탈리를 가슴께에까지 바짝 끌어당기고는 문으로 걸어갔다. 리틀 부인이 눈을 비볐다.

"정말로 안 도와줘도 되니?"

가까스로 졸음을 떨쳐낸 부인이 중얼거렸다.

"괜찮아요. 제가 나탈리를 눕히는 동안 여기서 잠시 쉬세요."

"잠들어버릴 것 같아."

"그렇게 보여요."

"나탈리 옆에 잠시 있어줄래? 옆에서 좀 돌봐줘. 괜찮은지 확인 좀 해주고. 난 여기서 조금 쉬고 있을게."

"여섯 시 십오 분 정도까지만 있을 수 있어요. 그땐 정말 가야 돼요."

"알겠어. 그때 내가 잠들어 있거든 깨우렴. 그리고 나탈리한테 무슨 문제가 생겨도 날 깨우고."

"알겠어요."

리틀 부인은 다른 말을 더는 안 하고 그대로 눈을 감았다. 루크는 나탈리를 내려다보며 더 안정감 있게 자세를 고친 후 거실을 나가 위층으로 올라갔다. 그 집에서 그렇게 걸으니 기분이 묘했다. 처음 여기 침입한 이후로 너무나 많은 일이 일어났다. 그런 생각을 하며 계단참으로 들어선 그는 곧바로 리틀 부인의 침실로 향했다. 이불을 들어 올리고 나탈리를 조심스럽게 눕혔다. 혼곤하게 잠든 나탈리는 여전히 엄지손가락을 빨면서 몸을 둥글게 말았다. 그는 이불을 끌어당겨 옆구리까지 덮어준 다음 몸을 숙여 나탈리의 관자놀이에 입을 맞췄다. 나탈리는 살짝 웅얼거렸지만 움직이거나 깨지는 않았다. 루크는 잠깐 옆에 앉아서 나탈리를 지켜보기로 했다. 화장대 옆에 있는 의자를 가져오려고 일어나 몸을 돌리는데, 뭔가가 그의 시선을 확 잡아끌었다.

리틀 부인의 상자다! 루크는 화장대에 얌전히 놓여 있는 상자를 물끄러미 바라보면서 스킨의 야심찬 계획을 떠올렸다. 얼마나 무모한 일이었던가. 지금 와서 생각하니 자기가 어떻게 그런 일에 얽혔는지 의아하기만 했다. 그토록 원했던 상자가 눈앞에 무방비 상태로 놓여 있었지만, 이제 그는 부인의 물건을 훔치는 일따위에 전혀 관심이 없었다.

하지만 호기심이 일었다. 은색 구슬장식이 달렸고 옆면이 검은색 벨벳으로 된 상자는 그의 눈을 사로잡았다. 하지만 정면에 달린 장식 술은 거추장스럽고 우스꽝스럽게 보였다. 화장대 앞에 앉아 상자를 끌어당겼다. 나탈리가 천천히 내쉬는 고른 숨소리뿐, 아래층에서는 아무 소리도 나지 않았다. 상자를 쳐다보고 있자니 점점 큰 충동에 휩싸였다.

'그냥 보기만 하는 거야. 스킨이 여기 들었다고 추측한 게 정말 맞는지 확인만 하는 거야.'

스킨의 추측은 보기 좋게 빗나갔다. 보석은 없었고 흑백사진 몇 장만 언뜻 눈에 띄었다. 사진을 한 장 꺼내들었다. 커다란 영국 전투기 옆에 서 있는 젊은 남자가 보였다. 비행복을 입은 남자는 스무 살에서 스물두 살 정도 된 것 같았고 정직해 보였다. 사진 속 남자는 카메라를 향해 약간 수줍게 미소 짓고 있었다. 상당히 앳돼 보였다. 루크는 그 얼굴을 물끄러미 바라보다가 일순간 그의 나이가 자기보다 별로 많지 않은 것 같다는 생각을 했다. 사진을 뒤집어보니 여학생의 필체로 이렇게 쓰여 있었다.

빌, 1940년 8월 비긴힐에서.

다른 사진을 집어 들었다. 이번에도 빌이다. 똑같은 비행복을 차려입은 한 무리의 젊은 남자들과 함께 찍은 사진이었다. 뒤쪽으로 비행기 몇 대가 보이는 비행장에서 카드놀이를 하고 있었다. 빌이라는 남자를 포함해서 그들 대부분은 담배를 피우고 있었다. 사진을 뒤집어봤다.

빌과 동료들, 1940년 8월 비긴힐에서.

다른 사진도 쭉 살펴봤다. 모두 비행복을 입고 있는, 빌이라는 남자의 사진이다. 혼자 찍은 것도 있고 다른 남자들과 함께 찍은 사진도 있다. 모두 비긴힐에서 1940년 8월에 찍은 사진이었다. 대부분은 남자들이 모여 앉아 담배를 피우며 카드놀이를 하는 모습이 담겨 있었는데, 한 남자가 축구공을 차고 빌이 나무조각을 깎는 모습이 담긴 사진도 있었다. 루크는 사진을 쭉 보다가 지금까지 본 것과는 완전히 다른 사진을 한 장 발견했다.

젊은 여자와 함께 찍은, 제복 차림의 빌 사진이었다. 사진에서 빌은 파티복을 입은 여자와 술집 입구에 서 있었다. 두 사람은 서로에게 팔을 두른 채 카메라를 보고 미소를 짓고 있었다. 여자는 빌과 비슷한 또래로 보였다. 사진을 뒤집어 거기 쓰인 글씨를 보기도 전에, 루크는 그 여자가 누구인지 이미 알아차렸다.

빌과 나, 1940년 8월 더블랙호스 입구에서.

그는 사진 속에서 미소 짓고 있는 여자를 다시 쳐다보고 아래층에 있는 노파를 생각했다. 이 노파도 이전에는 미소를 지을 줄 알았던 것이다. 1940년에는. 그러면 그 미소는 언제부터 사라진 걸까? 상자 안을 다시 보니 사진은 더 없고 접힌 종잇조각 하나와 끈으로 묶인 갈색 머리카락 뭉치가 있었다. 아까 본 사진으로 미루어보면 그건 분명 리틀 부인의 머리카락이다. 어쩐지 그걸 만지는 건 무례한 일인 것 같아 그냥 그대로 두었다. 하지만 종잇조각은…….

루크는 상자 속 마지막 수수께끼인, 종잇조각을 가만히 바라봤다. 상자 안을 보고 있자니 종잇조각이 루크를 올려다보면서 비난하는 것 같은 기분이 들었다. 그걸 펼쳐봐서는 안 된다는 것쯤은 알고 있었다. 상자 속 물건은 모두 부인의 지난 삶을 담고 있는 소중한 것이다. 그에게 다른 사람의 과거를 엿볼 권리가 있을 리 없었다. 하지만 리틀 부인에게 어떤 일이 있었던 건지 알고 싶었다. 종이를 펼치기 전 이미 그 답을 직감하긴 했지만.

그는 심호흡을 하고 종잇조각을 집어 들어 천천히 펼쳤다.

1940년 9월 18일, 비긴힐에서 쓰인 편지였다. 사진 뒤에 있던 여학생 필체와 매우 다른, 힘차고 강한 필체였다. 그는 다시 한번 심호흡을 하고 단숨에 읽어 내려갔다.

리틀 부인께

매우 유감스럽지만 부인께 사고 소식을 전합니다. 오늘 아침 비치헤드 앞바다에서 발생한 교전에서 빌 병사의 비행기가 적군의 비행기에서 발사된 총탄을 맞았습니다. 빌 병사의 비행기는 오늘 아침 아홉 시 삼십 분 경에 바다로 추락했습니다.

불행하게도 빌 병사에게는 낙하산으로 탈출할 시간이 없었습니다. 유감스럽지만 빌 병사의 생존 가능성은 없다는 사실을 전해드립니다.

이렇게 끔찍한 소식을 전해드리게 되어 슬픈 마음을 금할 수가 없습니다. 결혼하신 지 얼마 안 되어 남편을 잃으신 부인께서 어떤 심정일지 제가 어떻게 감히 헤아릴 수 있겠습니까. 빌은 훌륭한 병사였습니다. 저희는 빌을 많이 존경했고 앞으로 많이 그리워할 것입니다.

빌의 소지품에서 발견된 사진 몇 장하고 부인께서 비긴힐에서 보낸 편지를 동봉합니다. 물론 나머지 소지품도 부인께 부쳐드리겠습니다.

이렇게 마음 아픈 소식을 전해드려 다시 한번 유감의 뜻을 전합니다. 조금이라도 물어보실 것이 있거나 도움이 필요하시면 주저하지 마시고 저한테나 휴 필립 비행대장에게 연락을 주십시오. 그럼 안녕히 계십시오.

제임스 P. 허친슨 비행중대장 드림

루크는 죄책감과 괴로움을 느꼈다. 마음이 저미는 것처럼 아팠다. 부인은 1940년에 남편을 잃고 한 번도 재혼하지 않았다. 그는 부인이 여학생 같은 필치로 썼던 글씨를 다시 바라봤다. 만일 저 사진들이 비행중대장이 언급했던 그것이라면 저 글씨는 남편의 죽음을 안 후에 써넣은 것이리라. 그는 다시는 못 볼 한 남자의 이름을 쓰는 젊은 여자의 모습을 그려보았다. 그런 상상을 하니 견딜 수가 없었다. 자신에게는 이런 걸 볼 권리가 없었다. 모든 것을 당장 상자에 집어넣어야 했다. 편지를 접고, 사진을 순서대로 정리해서 제자리에 놓으려는 순간 상자 안에 있는 무언가에 시선이 쏠렸다. 뭔가 반짝거리는 작은 물건이 머리카락 뭉치 밑에 가려져 있었다. 상자 안의 마지막 수수께끼는 편지가 아니었다. 또 다른 것이 있었다. 그는 입술을 지그시 깨물고 상자 안으로 손을 뻗었다.

그것은 이름이 새겨진 금속팔찌였다.

발리 메이 로버츠.

놀랍게도 이름 밑에 전화번호가 있었다. 어느 지역 번호인지 알 수는 없었지만 분명 그 지역 번호는 아니었다. 이상했다. 보통 이름을 새겨 넣은 팔찌에는 전화번호를 넣지 않는다. 애완동물이 아니라면 말이다. 발리 메리 로버츠라는 이름도 이상했다. 아마도 리틀 부인의 처녀시절 이름일 텐데, 어쩐지 '발리 메이 로버츠'라는 이름이 그에게 익숙하게 들렸다. 분명 어디선가 들어본 이름이다. 그때 아래층에서 무슨 소리가 들렸다. 그는 그 자리에 얼어붙었다. 리틀 부인이 현관 마루를 지나 계단 쪽으로 다가오고 있었다. 그는 물건들을 잽싸게 상자 안에 넣고 상자를 화장대 위, 원래 자리에 놓았다.

루크는 자기 손에 여전히 금속팔찌가 들려 있는 것을 알아차렸다. 왜 그것을 집어넣지 않았는지는 그 자신도 몰랐다. 그리고 그것을 왜 주머니에 슬쩍 넣었는지 그 이유도 몰랐다. 리틀 부인이 방에 들어왔을 때 왜 마치 조금도 움직이지 않고 그 자리를 지켰던 것처럼 침대 옆 바닥에 가만히 앉아 있었는지 그 이유도 알 수 없었다. 그리고 그날 밤, 엄마가 잠든 뒤에 침대에서 빠져나와 인터넷 검색창에 '발리 메이 로버츠'라는 단어를 왜 입력했는지 자신도 알 수 없었다.

25

엔터키를 누르자 곧바로 여러 가지 검색결과가 나왔다. 루크는 흥분에 몸을 살짝 떨면서 화면을 응시했다.

"발리 메이 로버츠. 정말 있네."

갑자기 온몸이 굳는 듯한 기분을 느꼈다. 누군가 어깨 곁에서 자신을 지켜보는 듯한 느낌이 들었다. 엄마인가 싶어 주위를 휘둘러봤지만 방에는 아무도 없었다. 계속 주변을 살피면서도 어쩐지 그는 마음이 놓였다. 어깨 곁의 존재가 누군지 알 것 같았다. 그리고 부드러운 목소리로 말했다.

"아빠군요. 아빠라는 거 알아요. 아빠를 느낄 수 있어요. 이전에도 그랬고요. 그런데 왜 안 보이는 거죠?"

방에는 아무도 없고 고요했지만 루크는 아빠가 가까이 있다고 확신했다. 그가 텅 빈 공간에 대고 다시 말했다.

"이 모든 걸 지켜보고 계신 거죠. 전 알아요."

그리고 이 말 끝에 미소를 지었다.

"아빠도 발리 메이 로버츠가 누군지 찾고 싶으신 거죠. 알았어요."

그는 다시 컴퓨터 화면을 응시했다.

"함께 찾아봐요."

화면에 뜬 항목을 쭉 훑어봤다. 첫 번째 항목은 '발리 메이 로버츠 공식 웹사이트'였다. 이것부터 열어봐야 할 것 같았다. 루크는 이 링크를 클릭하고 숨죽여 기다렸다. 사이트가 뜨는 데 한참 걸리더니 드디어 화면이 열렸다.

그런데 놀랍게도 거기 나탈리의 사진이 있었다. 틀림없는 그 아이 사진이었다. 작은 얼굴에 검은 머리카락 그리고 남을 잘 믿을 것 같은 특유의 그 미소까지. 분명히 나탈리였다. 단 하나 다른 것이 있다면 이름이다. 사진의 주인공은 나탈리가 아니라 발리 메이 로버츠라는 아이였다. 사진 밑에 그렇게 쓰여 있었다. 쌍둥이인가? 왠지 그건 아니라는 생각이 들었다. 루크는 사진의 주인이 그랜지에서 만난 바로 그 소녀라고 생각했다. 화면을 아래로 내려 글을 읽었다.

발리의 나이는 열 살이지만 정신연령은 고작 네 살입니다. 발리는 2년 전에 실종됐습니다. 마지막으로 목격된 곳은……

루크는 여전히 떨리는 채로, 아빠의 존재를 느끼며 글을 계속 읽어 내려갔다. 사이트는 단출했지만 있어야 할 정보는 모두 들어 있었다. 아이의 이름은 나탈리가 아니라 발리였고, 성은 로버츠였다. 살던 곳은 헤이스팅스였다. 아이는 상냥하며 사람을 잘 믿었고 동물과 음악을 좋아했으며 잘 웃었다. 그리고 정신지체아 특수학교에 다니고 있었다. 그런데 2년여 전, 어쩌다가 부모를 놓쳐 길을 잃었고 그 뒤로 발견되지 않았다.

발리 메이 로버츠. 루크는 그제야 그 이름을 어디서 들었는지 기억해냈다. 경찰추적이 한창일 때 뉴스에서 들었던 게 머리를 스쳤다. 하지만 그 즈음에 아빠가 돌아가셨기 때문에 뉴스를 귀담아 듣지 못했던 것이다. 그때 루크의 머릿속은 온통 아빠의 죽음에 대한 생각뿐이었다. 발리가 장님이라거나 부모님이 죽었다는 내용은 없었다. 오히려 사이트 맨 밑에는 정보가 있으면 알려달라는, 고통에 찬 호소와 함께 가족사진이 올라와 있었다. 그리고 그 뒤에는 이메일주소와 경찰서 번호가 나와 있었다.

루크는 팔찌에 새겨진 전화번호를 유심히 살폈다. 사이트에 나온 번호와는 달랐다. 아마 이건 로버츠 부부의 집 전화번호일 것이다. 화면을 다시 한번 훑어봤다. 발리의 집은 헤이스팅스에 있다고 했다. 그는 전화번호부를 꺼내 헤이스팅스 지역번호를 찾기 시작했다. 팔찌에 나온 번호와 같았다. 혹시라도 딸이 길을 잃었을 때 딸을 발견한 사람이 연락을 할 수 있도록 팔찌에 집 전화번호를 새겨 넣었던 모양이다. 하지만 팔찌는 효과를 발휘하지 못했다. 루크는 의자에 풀썩 기대서 과연 그 사이에 무슨 일이 있었는지 꿰맞춰보려고 했지만 아무 소용없었다. 하지만 한 가지는 분명했다. 리틀 부인이 자기에게 거짓말을 했다는 것.

"발리."

루크가 사진을 다시 쳐다보며 중얼거렸다.

"발리, 발리, 발리."

그러자 그 아이가 그에게 질문을 받고서 했던 대답이 생각났다. 그 아이가 분명 '발리'라고 했었다. 들판에서 흔들리는 보리를 말하는 것이라고 생각했지만 그건 그 아이의 이름이었다. 그는 다시 리틀 부인을 생각했다. 부인은 자신에게 뭘 얼마나 숨겼던 걸까? 그리고 이 모든 사건에서 어떤 역할을 했던 걸까?

그 웹사이트에서 빠져나와 다른 검색결과를 확인해봤지만 새로운 내용은 없었다. 모두 실종된 소녀를 찾는다는 기사였고 공식웹사이트에 나온 내용을 벗어나지 않았다. 그는 다시 그 사이트로 돌아가 발리의 사진을 또 한참 들여다봤다. 그리고 이제 자신이 무얼 해야 하는지 알았다. 발리의 부모님에게 전화를 걸어야 했다. 용기를 내서 그렇게 해야 했다. 어려운 일은 아닐 것이다. 이름을 밝힐 필요도 없이 그냥 리틀 부인의 주소를 알려주고 그곳에 발리가 있다고 알려준 다음 전화를 끊으면 된다. 시계를 보니 자정에서 삼십 분이 더 지나 있었다. 전화를 하기에 적절한 시간은 아니었지만 로버츠 부부의 경우는 달랐다.

전화기 앞에서 마음을 다잡았다. 전화기를 집어 들기만 하면 된다. 하지만 루크는 한 시간이 지나도록 그 자리에 그대로 앉아 망설였다. 만약 예상치 못한 일이 발생하면 어쩌지? 발리의 부모가 까다롭게 굴거나 공격적으로 나오면 어쩌지? 사진으로 보면 사람 좋은 인상이지만 막상 전화를 걸어 발리에 대해 말하면 어떤 식으로 나올지 알 수 없는 일이었다. 더군다나 일단 일을 시작하면 문제가 발생할 게 뻔했다. 아무리 이름을 안 밝힌다 해도 발리의 부모가 경찰서에 연락을 하면, 경찰이 그랜지에 가서 발리를 발견하고 리틀 부인을 체포할 것이다. 부인은 루크의 이름을 댈 게 분명하다. 부인이 그를 감싸줄 이유가 어디에 있겠는가? 루크가 자신을 배신했다는 사실을 알면 곧바로 그의 소행을 불게 뻔하다. 침입 사실을 말하고 어떤 방법으로든 그에 대해 나쁘게 말할 것이다. 그러면 내일쯤 그는 경찰서에서 취조를 받을 테고 모든 사람이 그 사실을 알게 되리라. 엄마를 포함해서 미란다와 하딩 선생과 마을의 모든 사람과 학교 사람들까지. 루크는 이 일에 관여할 수 없다고 생각했다. 너무 위험했다.

하지만 다시 어린 소녀의 사진을 보자 그런 생각이 조금씩 사라졌다. 화면에 떠 있는 그 얼굴을 물끄러미 바라봤다. 소녀의 웃는 얼굴이 자신을 질책하는 듯했다. 루크는 아빠의 존재가 가까이 다가오는 것을 느끼면서 방에 대고 말을 했다.

"알아요, 아빠. 나도 알아요."

그는 팔찌에 새겨진 전화번호를 확인하고 전화기를 집어 들었다. 심장이 쿵쾅거렸다. 아무리 꼭 쥐어도 전화기가 손바닥에서 미끄러지는 느낌이 들었다. 진정하고 마음을 비우려 애쓰면서 무슨 말을 할지 생각해보았다. 전화기 저편에서 신호음이 길게 울렸다. 신호음이 길어질수록 조바심이 났다. 그러나 한편으로는 전화를 받지 않기를 바랐다. 그렇게 한참 전화기를 붙들고 있었다. 딸깍, 드디어 어떤 여자의 음성이 들렸다.

"여보세요?"

피곤에 지친 조용한 목소리였지만 기분이 나쁜 것 같지는 않았다. 그는 말을 하려고 했지만 입이 떨어지지 않았다.

"여보세요?"

여자의 음성이 다시 들렸다.

말을 해야만 했다. 억지로라도 말을 해야 했다.

"죄송합니다만 저는 이렇게 말 없는 전화를 받을 시간이 없습니다. 이런 전화를 워낙 많이 받아서요. 그럼 안녕히 계세요."

"자, 잠깐만요."

루크가 입을 열었다.

침묵이 흘렀다. 긴장감 감도는 깊은 침묵이. 잠시 후 여자가 다시 말했다.

"누구시죠?"

그는 숨을 천천히 내쉬었고 여자는 한숨을 쉬었다.

"할 말 있으면 하세요. 할 말이 없으시면 전화 끊겠습니다. 새벽 한 시 반인 데다 지금 저는 장난할 기분이 아닙니다."

뭔가 말을 하고 싶었지만 쉽지가 않았다. 목에 뭐가 걸린 것처럼 숨이 턱 막혔다. 아빠의 존재가 더 가까이 다가오는 것이 느껴졌다.

"안녕히 계세요."

여자가 말했다.

"잠깐만요, ……제발 끊지 마세요."

다시 침묵이 흘렀다. 하지만 전화가 끊기는 소리는 들리지 않았다. 그는 심호흡을 하고 다시 입을 뗐다.

"로버츠 부인이신가요?"

"제가 누구든지 간에 그게 그쪽과 무슨 상관이죠?"

"제발, 말씀해주세요."

"제가 누구인지는 그쪽이 알 바 아니에요. 본론이나 말하세요."

"발리에 대한 얘깁니다."

다시 침묵이 흘렀다. 잠시 후 여자가 말했다. 여자의 목소리에는 더 이상 짜증이 묻어나지 않았지만 한층 조심스러워졌다.

"발리가 왜요?"

"어디에 있는지 제가 압니다."

또다시 침묵이 흘렀다. 루크는 수화기 너머에 있는 상대편이 이 상황을 어떻게 받아들여야 할지 고민하고 있음을 느낄 수 있었다. 그러면서 자신을 그렇게 의심하는 이유를 불현듯 깨달았다. 여자는 발리가 실종된 이후에 걸려오는 수많은 장난전화를 견뎌야 했으리라. 애초에 전화를 걸 때부터 가능한 한 말을 적게 하기로 결심했지만 지금은 여자를 안심시키는 게 더 중요하다고 생각했다.

"끊지 마세요. 장난전화 아니에요. 아셨죠? 발리가 어디에 있는지 제가 알고 있으니까 그냥 들어만 주시겠어요? 하지만 이 전화를 추적하지는 마세요. 이미 그렇게 못하도록 조취도 해놨어요. 이건 제 신변보호를 위해서예요. 도와드리고 싶지만 경찰이 개입되는 건 원치 않거든요."

"발리가 어디에 있죠?"

긴장하고 겁에 질린 목소리였다.

"발리는 안전해요. 장담할 수 있어요."

"그런데 어디에 있는 거죠?"

"발리는…… 그 아이를 아주 사랑하는 어떤 사람이 돌보고 있어요."

"그게 누군데요?"

루크는 복잡한 생각을 정리하려고 애썼다. 마음을 가라앉혀야 했다. 말 한마디 한마디 조심스럽게 해야 한다. 자신에게 크게 해가 되지 않으면서 발리를 부모님의 품으로 돌려보낼 방법이 차차 떠올랐다. 하지만 먼저 확인해야 할 것이 있었다.

"로버츠 부인, 그쪽이 로버츠 부인이라고 믿겠습니다. 발리한테 다른 친척이 있나요?"

"뭐라고요?"

"다른 친척이요. 다른 친척이 있나요?"

"그게 무슨 상관이죠?"

"그냥 말씀해주세요. 부탁입니다."

"브로드스테어즈에 삼촌이 한 명 있어요. 여기 헤이스팅스에 이모가 한 명 있고요. 이런 게 왜 중요하죠?"

"또 없나요? 다른 친척은 더 없나요?"

"없어요."

"할아버지나 할머니는 없나요?"

"없어요. 발리가 태어나기 전에 모두 돌아가셨어요. 제발…… 그쪽이 누구시든지 간에…… 그 애는 저희 소중한 딸입니다. 그 애는…….

"알겠어요. 도움을 드린다고 약속할게요. 전 친굽니다. 그런데…….

루크는 상대편이 전화기 저쪽에서 침묵하며 귀를 기울이는 것을 느꼈다.

"상황이 조금 복잡해요."

"왜요? 뭐가 어떻게요? 발리는 저희 아이예요. 그 누구의 아이도 될 수 없어요. 발리는 저희 딸이라고요."

"저도 알아요. 다 안다고요. 그리고……."

그는 이 상황을 통제할 수 있을지 걱정이 되기 시작했다. 마음을 다시 가라앉히고 해야 할 말을 생각했다.

"도와드릴게요. 그러니 제 얘기를 들으세요. 그냥 끝까지 들으세요."

전화기 저편에서 또 다른 목소리가 들렸다. 여자에게 뭔가를 묻는 남자의 목소리였다.

"발리에 대한 전화예요."

여자가 속삭이자 심호흡을 하는 남자의 소리가 들렸다.

"로버츠 부인? 저는 부인을 돕고 싶습니다. 그리고……."

그는 나탈리로 알고 있던 소녀를 생각했다.

"발리를 돕고 싶어요. 하지만 제가 말하는 대로 하셔야 해요. 그리고 알아두셔야 할 것이 있어요."

루크는 두 사람 가운데 누구라도 한 명이 말하기를 기다렸지만 전화기 저편에서는 아무 소리도 들리지 않았다. 그는 숨을 깊게 들이쉬고 다시 말했다.

"발리는 눈이 안보여요."

"뭐라고요!"

여자가 소리쳤다.

루크가 대답할 새도 없이 남자가 전화기를 가로채더니 고함을
질렀다.

"그 애한테 무슨 짓을 한 거야?"

"전 아무 짓도 안 했어요."

"그리고 도대체 넌 누구야?"

"제가 누구인지는 중요하지 않아요. 저기요…….."

"무슨 일이 있던 거야? 그 애는 어디 있어? 도대체 넌……!"

여자가 좀 진정하고 전화를 바꿔달라고 애원하는 바람에 남자
의 말은 중간 중간 끊겼다. 하지만 남자는 전화에 대고 계속 고래
고래 소리를 질렀다.

"네 녀석이 누구고 어떤 짓을 했는지 그리고 뭘 알고 있는지
는 모르지만 내 말 잘 들어. 세상엔 인과응보라는 게 있는 거
야. 네 녀석이 조금이라도 도리를 알거나 양심이 있는 녀석이라
면…….."

"그만하세요!"

루크는 목소리에 최대한 힘을 싣고 딱 잘라 말했다. 생각 같아
서는 똑같이 소리를 지르고 싶었지만 엄마가 깰까 봐 목소리를
높일 수 없었다. 남자가 과격하게 쏟아내는 말을 막고 재빨리 말
을 이었다.

"절 믿으셔야 합니다. 전 도움을 주려는 거예요."

여자가 전화를 바꿔달라고 간청하는 소리가 계속 들리더니 잠시 후 여자의 걱정 어린 목소리가 들려왔다.

"아직 안 끊었나요?"

"네."

대답은 했지만 이 상황을 어디까지 끌고 갈 수 있을지 의구심이 들기 시작했다. 남자의 분노와 맞닥뜨리자 더럭 겁이 났다. 발리를 이들에게 돌려보내는 게 과연 옳은 일인가? 이런 생각을 하는데 여자가 다시 말했다.

"제발…… 이해해주세요……. 우리는 이 일 때문에 몹시 힘겹습니다. 그쪽이 진실을 말하는 건지도 잘 모르겠고요. 그럴 수도 있고 아닐 수도 있겠죠. 그쪽이 남의 고통을 즐기는 사람일 수도 있겠죠. 물론 아니길 바라지만."

"아니에요."

"그 애 눈이 안 보인다고 했죠. 어쩌면, 세상에……."

여자의 목소리가 점점 작아지더니 우는 소리가 들렸다. 그는 다시 발리를 생각했다. 그 아이의 고통을, 울부짖음을, 눈물을, 외로움을, 혼란스러운 기억을, 그리고 지금 그 아이가 살고 있는 보이지 않는 세계를 생각했다. 전화기 저편에서 여자의 울음소리가 들리더니 잠시 후 남자의 울음소리도 들렸다. 조금 전에 느꼈던 의구심은 사라졌지만 여전히 조심스러웠다. 두 사람이 진정되기를 기다렸다가 다시 말했다.

"로버츠 부인?"

"네."

"이건 사실이에요. 장담합니다. 그냥 저를 믿어준다면 일이 잘 풀릴 거예요."

"어떻게 그쪽을 믿죠? 그쪽이 그 아이를 만났다는 걸 제가 어떻게 알아요? 지어낸 얘기일 수도 있잖아요. 그 아이 사진이 웹사이트에 있으니까, 그쪽이 그 아이에 대해 설명을 해줘도 그게 사실인지 거짓말인지 알 방법이 없어요."

루크는 눈을 감고 그날 밤 들었던 흥얼거림을 떠올렸다. 그리고 자기도 모르게 똑같이 흥얼거리기 시작했다. 발리가 좋아하는 그 곡. 그것이 여자에게 어떤 의미인지 그는 알지 못했다. 그런데 여자는 그 소리를 듣자마자 다시 울기 시작했다.

"어쩌면, 세상에나, 이건 고문이야."

여자가 말했다.

루크가 흥얼거림을 멈췄다.

"이 곡을 아세요?"

"제가 안다는 걸 알고 그러는 거잖아요."

"전 몰랐어요. 하지만 발리가 이 곡을 좋아한다는 건 알고 있어요. 그 아이가 흥얼거리는 걸 들었거든요."

그는 혼란스러움을 느끼며 잠시 머뭇거렸다.

"말씀해주실 수 있나요…… 이 곡이 그 아이한테 왜 특별한 건지?"

"그 아이를 임신했을 때 그 곡을 자주 쳤어요."

여자는 계속 울먹이고 있었지만 아까보다는 조금 진정된 것 같았다.

"임신한 지 얼마 안 됐을 때 남편이랑 피아노연주회에 갔었어요. 피아니스트는…… 이름이 안 떠오르네요……."

여자가 말을 멈추자 저편에서 남자가 말했다.

"스탠턴."

날카로운 통증이 등골을 훑고 지나갔다. 아빠의 존재가 자신을 감싸는 듯했다.

"맞아요. 매튜 스탠턴. 아주 많은 곡을 연주했는데 잊히지 않는 한 곡이…… 차이코프스키 곡이었어요. 그 피아니스트는 〈어린이를 위한 앨범〉에 있는 전곡을 연주했는데 우리가 가장 좋아한 곡은 〈꿈〉이었어요. 하지만 곡 제목을 몰라서 우리는……."

여자가 코를 훌쩍이며 말을 이었다.

"연주회가 끝나고 그 사람을 찾아가 곡 제목을 물었죠. 그 사람 앞에서 그 곡을 불렀던 일이 기억나네요. 우리가 어떤 노래를 부르는지 그 사람은 바로 알아챘어요."

여자는 코를 푼 후에도 여전히 훌쩍이며 말했다.

"아주 좋은 사람이었어요. 우리가 직접 연주할 수 있도록 그 악보를 복사해서 보내준다고 해서 우리 집 주소를 알려줬죠. 그 사람은 안에 사인과 함께 애정 어린 글을 써서 악보 전체를 보내 줬어요. 정말로 친절한 사람이었죠. 그 사람이 2년 전에 죽었다는 말을 들었을 때 참 슬펐어요."

여자가 한숨을 쉬었다.

"그래서 발리를 임신하고 있을 때는 물론이고 그 애가 태어난 후에도 그 곡을 자주 연주했어요. 피아노 소리를 좋아해서 다른 곡도 연주했지만, 그 애가 가장 좋아하는 건 역시 〈꿈〉이었어요. 그 아이한텐 특별한 곡이었어요. 그 이유는 나도 모르겠어요. 발리한테 잘 맞는 뭔가가 있었나 봐요. 잠 못 이룰 때 그 곡을 들으면 잠잠해졌거든요."

침묵이 길게 이어졌다. 루크가 말했다.

"발리한테 그 곡을 계속 연주해주세요. 발리가 다시 부인 곁으로 돌아가면요."

이 말에 부인이 와락, 울음을 터뜨렸다. 전화기 저편에서 들려오는 여자의 흐느끼는 소리를 가만히 듣고 있는데 잠시 후 남자의 목소리가 들려왔다. 남자는 아까처럼 고함을 지르지 않았다. 그의 목소리는 차분하고 위엄 있게 들렸다.

"우리가 어떻게 해야 하는지 말해봐요."

26

　루크는 교회 묘지 담 안쪽에서 통학버스를 지켜봤다. 다른 아이들은 다 버스에 올라타는데 스킨과 다즈는 두리번거리면서 꾸물거렸다. 루크는 그들이 자신을 찾고 있다는 걸 알았다. 머리를 최대한 낮추고 그들을 계속 지켜봤다. 스피드가 광장 저쪽 끝에서 나타나 먹다 남은 아침을 들고 우적거리며 버스 쪽으로 천천히 걸어왔다. 그가 스킨과 다즈 곁에 도착하고 세 사람은 잠시 얘기를 나누더니 광장을 둘러보았다.

　벽 아래로 고개를 바짝 숙였다. 오늘만큼은 절대 발견될 수 없었다. 그에게는 해야 할 일이 있다. 그대로 고개를 숙인 채 버스가 떠나는 소리가 들릴 때까지 기다리기로 했다. 땅바닥에 무너지듯 앉아 머리를 벽에 기대고 묘비를 바라봤다. 이른 아침 햇살이 벌써부터 따사롭게 내리쬐었고 하늘에는 구름 한 점 없었다. 몹시 더운 하루가 될 것 같았다. 잠시 후 버스에 시동을 거는 소리가 들렸지만 그는 벽 안쪽에서 움직이지 않았다. 버스는 천천히 움직이더니 이윽고 광장을 가로질러 상점을 지나갔다. 그는 버스가 사라질 때 들리는 엔진의 저릿한 소리에 귀를 기울였다. 광장에서 다른 무슨 소리가 들리지 않는가 싶어 신경을 곤두세웠지만 아무 소리도 들리지 않았다. 잠시 더 기다리다가 자리에서 일어나 벽 너머를 살펴봤다. 광장은 텅 비어 있었다. 스킨 일당이 학교에 갔으니 오늘은 그들과 마주치지 않을 것이다. 이제 한 가지 문제가 해결됐다. 엄마와 셜 선생이 왜 또 무단결석을 했냐고 물으면 뭐라고 대답해야 할지가 또 다른 난관이었지만 그건 나중에 생각하기로 했다.

그러브 양의 상점 문이 활짝 열려 있었기 때문에 이번에도 광장을 가로지르지 않고 보도를 걸어 스토니힐코티지를 지나가기로 했다. 로저 길모어 씨가 작업장에서 바쁘게 뭔가를 두드리며 만들고 있었지만 문은 닫혀 있었다. 그 앞을 들키지 않고 슬쩍 지나가는 일은 수월했다. 곧 넛부시 길의 끝에 도착했고 거기서 그는 그랜지로 이어지는 길을 물끄러미 내려다보았다. 그리고 주머니에서 엄마의 휴대전화와 지난밤 여자가 알려준 전화번호가 적힌 쪽지를 꺼냈다. 신호음이 몇 번 울리고 여자의 남편이 전화를 받았다.

"여보세요?"

"로버츠 씨인가요?"

"네."

"저예요."

"알고 있어요."

"어디에 계세요?"

"그쪽이 있으라고 말한 곳에요. 고속도로 주유소예요. 이제 우리가 어떻게 하면 됩니까?"

"차 안에 몇 명이 있나요?"

"나하고 아내뿐입니다."

"경찰이 같이 타고 있진 않죠? 그러니까⋯⋯."

"이봐요, 여기에 오려고 헤이스팅스에서 밤새 운전해 왔어요. 피곤하고 지칠 대로 지쳤어요. 언성을 높이긴 싫습니다. 여기에 농담하러 온 게 아니오. 그저 우리 딸을 데려가기를 바랄 뿐이오. 우리는 그쪽이 하라는 대로 다 했어요. 경찰에 알리지도 않았고, 아무한테도 말하지 않았고, 그쪽 전화번호를 추적하지도 않았소. 우리는 그쪽 이름도 모르고 알고 싶지도 않아요. 그쪽이 우리를 보고 싶어하지 않는 것처럼 우리도 그쪽을 보고 싶지 않거든요. 우리는 발리만 데려오면 돼요, 알겠어요? 그쪽이 하라는 대로 다 할 테니 우리 갖고 장난치진 마시오. 자, 이제 우리가 어떻게 하면 됩니까?"

"이 지역 지도가 있나요?"

남자가 날카롭게 말했다.

"말했잖아요! 그쪽이 하라는 대로 다 했다고!"

루크는 남자의 화난 목소리에 신경이 곤두섰다. 그때 전화기 저편에서 여자가 다급하게 남편에게 속삭이는 목소리가 들렸다.

"진정해요. 진정하라니까요. 그렇게 신경질적으로 말하지 말아요."

잠시 침묵이 이어지다가 남자가 조금 수긋해진 목소리로 다시 말했다.

"지도 있어요."

"좋아요."

루크가 그랜지 쪽을 쳐다보며 말했다.

"잘 들으세요, 제가 다음 일을 하는 데 시간이 걸릴 수 있어요. 두 분이 데려갈 수 있도록 발리를 남겨둘 장소로 제가 안내할 거예요. 발리가 그동안 살던 곳에서 가까운 곳이 아니니까 추적할 생각은 하지 마시고……".

남자가 말을 가로막았다.

"또 시작이군요. 또 그런 얘기야."

루크가 천천히 숨을 내쉬었다.

"알았어요, 알았어. 화내지 마세요. 일단 브램블베리라는 곳을 찾으셔야 돼요. 워낙 작은 마을이라서 지도에는 안 나와 있을 거예요. 세지콤 마을에서 2마일밖에 안 떨어져 있어요. 세지콤은 지도에 나와 있을 거예요."

"거기가 어딘데요?"

"지금 두 분이 계신 곳에서 약 12마일 떨어진 곳이에요."

남자가 무뚝뚝하게 물었다.

"동서남북 어느 쪽이요? 지도 어느 쪽을 봐야 하냐고요?"

루크는 방향을 알려줬고 남자는 말없이 그의 말을 들었다.

"그 다음엔 어떻게 하죠?"

루크가 말을 마치자 남자가 물었다.

"제가 다시 전화할 때까지 기다리세요. 아셨죠? 브램블베리에 가서요. 지금은 휴대전화를 끄고 배터리를 아껴두세요. 브램블베리에 가시면 다시 켜세요. 다음 단계로 넘어갈 준비가 되면 전화 드릴게요."

"그때가 언제쯤이죠?"

"그건 몰라요."

"이봐요!"

"똑바로 하세요! 당신이나 제대로 하라고요!"

루크는 마음을 다스리려 애쓰며 심호흡을 했지만 소용없었다. 화가 치밀어서 제정신이 아니었다.

"난 지금 도와주려는 거라고요. 해를 끼치려는 게 아니니까 그런 사람 취급 말아요. 그냥…… 그냥……."

그때 루크에게 부드럽게 말하는 여자의 목소리가 들렸다.

"누구신지는 모르겠지만 고마워요."

"난 해를 끼치려는 사람이 아니라고요!"

루크가 전화기에 대고 고함을 질렀다.

"알아요."

"아니라고요! 아니라고요!"

"아니라는 거 알아요. 진정하세요. 다 알아요."

여자의 목소리는 차분했고 자애로움이 묻어났다. 잠깐이었지만 그를 걱정하는 것처럼 들리기도 했다. 여자는 아까처럼 조용한 목소리로 말을 이었다.

"우리한테 화내지 말아요. 부탁이에요. 우리는 그쪽이 발리의 친구라고 판단했어요. 하지만 여전히 혼란스럽고 지쳤고 매우 두렵기 때문에 말이 좋게 나올 수만은 없어요."

루크가 다시 한번 숨을 천천히 내쉬는 동안 여자가 말했다.

"우리는 그쪽이 가라는 곳으로 운전해 갈 거고 그쪽이 전화를 걸 때까지 기다릴 거예요. 그쪽이 말하는 대로 다 할 거예요."

여자는 잠시 말을 멈추었다가 이렇게 덧붙였다.

"조심하세요."

여자의 마지막 말에 루크는 적잖이 놀랐다. 이 부부가 불안과 경계심을, 어쩌면 분노를 드러내리라고 예상했지만 이렇게 자신의 안전까지 걱정하리라고는 생각지 못했다. 루크는 어떻게 대답해야 할지 몰라 그냥 이렇게 말하고 말았다.

"지금 전화를 끊어야 해요."

"알겠어요. 나중에 통화해요."

여자가 말했다.

여자의 목소리가 처음으로 흔들렸다.

리틀 부인은 현관 앞에 서 있는 루크의 모습을 보더니 안도감을 드러냈다.

"여기에 와주다니, 이렇게 고마울 수가. 밤이 되기 전에는 못 볼 거라고 생각했는데. 나탈리 상태가 다시 안 좋아졌어. 오늘도 결석했니?"

부인은 대답을 기다리지도 않고 바로 몸을 돌려 앞서서 거실로 갔다. 루크가 그 뒤를 따랐다. 늘어뜨린 그의 두 손이 가볍게 떨렸다. 발리는 여전히 잠옷을 입은 채 소파에 몸을 웅크리고 있었는데 소리는 지르지 않았다. 콧물을 훌쩍이며 신음소리를 내고 있었는데 얼굴이 온통 눈물 범벅이었다. 루크는 입구에 멈춰 서서 이 아이를 나탈리라고 불러야 한다는 사실을 떠올리며 물끄러미 내려다봤다. 시선을 돌려 노파를 봤더니 부인의 몰골도 말이 아니었다. 이 아이가 괴로워했다면 아마 분명 노파도 괴로웠을 것이다. 루크는 이 모든 상황이 어떻게 된 건지, 발리와 부인의 관계는 도대체 뭔지 다시 의아해졌다. 하지만 지금 그의 관심

사는 그게 아니라 이 아이뿐이었다. 일을 잘해내려면 주의를 집중해야 했다. 노파가 조금이라도 의심하기 시작하면 어떤 일이 일어날지 알 수 없었다.

"안녕, 나탈리!"

루크는 밝은 목소리로 말했다.

발리는 신음을 곧바로 멈추더니 문 쪽으로 고개를 돌렸다.

"안녕!"

그가 다시 인사하고 소파로 걸어가 몸을 숙여 아이의 한 손을 잡았다. 문 쪽에서 리틀 부인이 자신을 유심히 지켜보고 있다는 것을 감지했지만 발리에게만 시선을 고정했다.

"나탈리? 날 기억하니?"

발리는 코를 훌쩍거리다가 한 손을 뻗어 그의 얼굴 가장자리를 따라 왼쪽 귀까지 더듬었다. 그러더니 낄낄 웃었다. 루크도 따라서 웃었다.

"우스운 귀야. 네 귀처럼 말이야."

루크가 말했다. 그는 손을 뻗어 발리의 왼쪽 귓불을 부드럽게 만졌다. 그러자 발리가 다시 낄낄 웃었다. 그리고 루크가 〈꿈〉을 흥얼거리자 아이의 태도가 갑자기 변했다. 잠깐 괴로워하다가 명랑해지는가 싶더니 조금씩 차분해졌다. 아주 차분해졌다. 하지만 다시 눈물을 흘리고 있었다. 루크는 발리의 손을 약간 세게 잡았는데 발리도 손에 살짝 힘을 주는 것이 느껴졌다. 발리는 루크 앞에서 몸을 옹송그리고 누워 있었다. 그는 발리를 지켜보면서 이 아이에게 들이닥친 시력상실과 기억상실에 대해 생각했다. 그리고 가까이 서 있는 리틀 부인을, 어떤 일이었는지는 모르겠지만 이곳에서 발생했던 모든 일의 열쇠를 쥐고 있는 부인을 생각했다. 그리고 불안한 마음으로 고속도로 위를 운전해 왔을 두 사람을 생각했다. 자신들의 악몽이 끝나기를 간절히 기도하고 있을 두 사람을…….

루크는 발리의 겨드랑이에 두 팔을 살짝 넣어 부드럽게 끌어당겼다. 발리는 저항하지 않았다. 오히려 안기고 싶다는 듯 몸을 루크 쪽으로 살짝 돌렸다. 그는 음악을 계속 흥얼거리며 소녀를 자신의 가슴께로 끌어당긴 후 조심스럽게 일어났다. 발리를 드는 일이 어찌나 쉬운지 다시 한번 놀랐다. 발리는 공기처럼 가벼웠다. 마치 육체가 빠져나간 영혼을 드는 것 같았다. 발리도 〈꿈〉을 함께 흥얼거렸다. 지난번과 마찬가지로 음조가 맞지 않았지만 엄마가 연주하던 음악을 생각하는 게 분명했다. 그는 발리를 안고 창가로 걸어가 거기 잠시 멈춰 서서 뜰 저편에 있는 숲을 응시했다. 그러다가 방 쪽으로 몸을 돌렸다. 리틀 부인은 안도감과 질투가 뒤섞인 얼굴로 그를 지켜보며 계속 거기에 서 있었다.

"네 손길엔 마법의 힘이라도 있나 보구나."

부인은 다소 심드렁한 어투로 말하고는 한숨을 쉬었다.

"난 도무지 이해를 못하겠구나. 지난밤에는 상태가 좋은 편이었어. 네가 가고 난 후 쭉 잠을 잤거든. 그런데 새벽 다섯 시 반 정도에 일어나더니 이렇게 신음하고 울어대기 시작한 거야. 내 힘으로는 도대체 멈출 수가 없었어. 이 애가 왜 이렇게 됐는지 모르겠어."

당신의 손녀가 아니기 때문이에요. 루크는 부인에게 이렇게 말하고 싶었다.

이 아이가 부모와 친구를 잃어버렸기 때문이에요. 앞을 못 보기 때문이에요. 이곳이 자기 집이 아니기 때문이에요. 불행하고 혼란스럽기 때문이고 엄마가 연주해주던 음악이 끊임없이 생각나기 때문이에요. 자신을 표현하지 못하고 이 모든 얘기를 당신에게 하지 못하기 때문이에요.

하지만 그렇게 말할 수는 없었다.

"뭐 마실 것 좀 갖다 주실래요? 나탈리가 뭘 좀 마셔야 할 것 같아요. 저도 그렇고요."

"오렌지주스 갖다 줄게."

"따뜻한 음료가 더 좋겠어요."

부인이 그를 경계하는 눈초리로 쳐다봤다. 하지만 그는 흔들리지 않는 눈빛으로 부인을 응시했다.

"차든 뜨거운 코코아든 뭐든 좋아요."

어렵지 않은 부탁이라고 생각했다. 자연스러운 요청이라고 생각했다. 그런데 이 노파는 왜 그렇게 의심스러운 눈빛으로 쳐다보는 걸까? 그의 목소리나 태도에서 어떤 낌새를 알아챈 걸까? 부인은 잠시 후 어깨를 으쓱하며 대답했다.

"뜨거운 코코아 줄게. 나탈리도 좋아하거든."

"고마워요. 저는 설탕 넣어주세요."

부인이 또다시 경계하는 눈초리로 루크를 쳐다봤다. 자연스러운 척하는 노력이 오히려 역효과를 내는 건 아닌가 하고 슬슬 걱정이 되기 시작했다. 부인의 시선을 피해 얼굴을 발리 가까이 대고서 발리의 코에 자신의 코를 비볐다. 발리는 살짝 낄낄거리며 웃었고 그가 다시 코를 비비자 그 곡을 다시 흥얼거리기 시작했다. 리틀 부인은 나가지 않았다.

점점 더 긴장이 됐다. 부인이 왜 나가지 않지? 왜 저런 눈빛으로 쳐다보는 걸까? 그런 생각을 할 때 부인이 입을 열었다.

"설탕 몇 스푼 넣을까?"

"뭐라고요?"

부인이 날카롭게 말했다.

"내가 말했지. 그런 말투 맘에 안 든다고."

"죄송해요……. 뭐라고 말씀하셨어요?"

"설탕 몇 스푼 넣어줄까?"

"두 스푼이요. 고맙습니다."

루크는 발리를 안고 방을 돌아다니면서 계속 흥얼거렸다. 부인은 그를 잠시 더 쳐다보다가 다행히도 몸을 돌려 현관 마루로 나갔다. 그는 부인이 부엌으로 들어가는 모습을 쳐다봤다. 부엌 문을 닫는지 지켜봤지만 문을 닫지는 않았다.

리틀 부인이 서 있는 곳에서는 현관 마루부터 거실까지 한눈에 볼 수 있었다. 하지만 부인은 이제 곧 몸을 돌려 싱크대에서 찻주전자에 물을 받을 것이다. 루크는 놓아주지 않으려는 듯 그에게 매달려 있는 발리를 내려다보았다. 그리고 고작 몇 마일 거리에 있는 발리의 부모를 생각했다. 아빠와, 두 사람과, 인생을 함께해온 음악도 생각했다. 발리는 잠잠했다. 드디어 노파가 싱크대 쪽으로 몸을 돌렸다. 그리고 몸을 숙여 수도꼭지를 틀었다. 지금이 행동해야 할 그때다. 기회는 다시 오지 않으리라. 그는 발리를 가슴에 바짝 당겨 안고 까치걸음으로 거실을 나와 최대한 조용하게 현관으로 갔다. 그를 부르거나 쫓아오는 발소리는 들리지 않았다. 아까 들어올 때 문을 조금 열어두었다. 나갈 때 문 여는 소리가 들리지 않도록. 루크는 현관문을 닫지 않은 채 대문으로 몰래 빠져나와 숲으로 연결된 길에 내려섰다.

숲에 들어서자 발리가 두 눈을 크게 뜨고 그를 말갛게 올려다봤다. 혹시 발리의 눈이 다시 보이는 게 아닌가, 하는 생각이 들었다. 나무차양 사이로 내리쬐는 한줄기 빛에 발리의 얼굴이 환하게 빛났다. 그는 주머니에서 금속팔찌를 꺼내 발리의 손목에 채워주고 고개를 숙여 발리의 이마에 입을 맞췄다.

"발리, 이제 집으로 데려다줄게."

27

루크는 발리를 안고 숲 깊숙이 들어갔다. 걷는 동안 아무도 만나지 않기를 기도하면서. 다행히 누구도 보이지 않았다. 그 숲이 두 사람만의 숲인 것 같다는 생각이 들었다. 발리는 아무 말 없이 머리를 그의 가슴에 대고 있었지만 나무 사이로 이른거리는 햇살에 매료된 것처럼 계속해서 두 눈을 크게 뜨고 있었다. 어찌나 가벼운지 마치 발리가 자신의 품안에서 떠다니는 듯한 기분이 들었다. 그런데 발리가 갑자기 얼굴을 위로 들더니 눈살을 찌푸렸다.

"괜찮니?"

그가 물었다.

발리는 대답하지 않았다. 그는 발리가 자신에게 일어났던 모든 일과 지금의 모든 상황을 어떻게 받아들이고 있을지 매우 궁금했다. 웹사이트에 있던 글이 생각났다.

'발리의 나이는 열 살이지만 정신연령은 네 살입니다. 발리는 2년 전에 실종되었습니다.'

발리의 기분은 지금 어떨까? 무엇을 기억하고 있을까? 리틀 부인이 자기를 데려오던 날을 조금이라도 기억하고 있을까? 발리가 갑자기 간신히 들릴 만한 작은 소리로 말했다.

"나무."

"응? 뭐라고 했니?"

"나무."

발리는 주변의 나무를 쳐다보기라도 하는 것처럼 고개를 양쪽으로 천천히 움직였다. 루크는 망설이다가 왼손을 발리의 눈앞에 갖다 대고 발리의 시선을 따라 움직여봤다. 하지만 발리는 의식하지 못했다. 눈이 보일지도 모른다는 기대는 아주 잠깐 만에 끝나버렸다. 그때 발리가 다시 말했다.

"나무."

"나무가 보이니?"

"나무 소리가 들려."

"소리가 들려?"

"나무 소리가 들려."

그는 발걸음을 멈추고 귀를 기울였다. 숲은 고요했다. 산비둘기 소리도 들리지 않았다. 발리는 여기가 숲속이라는 걸 어떻게 알았을까? 어쩌면 숲의 냄새를 맡고 있는 건지도 몰랐다.

"나무 소리가 들려. 나무 소리가 들려."

발리가 다시 말했다.

그는 발리에게 몸을 더 가까이 대고 〈숲의 평화〉를 흥얼거렸다. 그리고 발걸음을 옮기며 말했다.

"발리, 기억나니? 내가 연주했었잖아."

발리는 아무 말도 하지 않고 그의 가슴에 다시 머리를 기댔다. 루크는 계속 흥얼거리며 걷다가 오크 고목 앞에서 멈추었다. 그는 발리를 이곳에 데려오고 싶었다. 자신에게 아주 특별한 이곳을 발리와 함께 나누고 싶었다. 그는 발리를 두 팔에 안은 채로 땅바닥에 앉아 나무몸통에 등을 기댔다. 저 위쪽에서 나무차양이 산들바람에 흔들렸다. 그는 흥얼거림을 멈추고 발리의 얼굴을 내려다봤다. 눈을 감고 있는 발리는 잠이 든 것처럼 보였다. 그러더니 잠시 후 중얼거리기 시작했다.

"발리, 발리."

루크가 발리의 머리카락을 어루만지며 말했다.

"그건 네 이름이야. 네가 바로 발리야. 어여쁜 발리. 어여쁜 발리 메이 로버츠."

"할머니 어딨어?"

그는 지금 이 노파가 무엇을 하고 있을지, 어떤 생각을 할지, 기분이 어떨지 궁금했지만 알 길이 없었다. 루크가 이 아이의 정체를 알았다는 걸 지금쯤은 노파도 파악했으리라. 아마 루크가 발리를 경찰서로 데려갔고 곧 있으면 경찰들이 그랜지로 들이닥칠 거라고 예상하고 있을 것이다. 그는 리틀 부인이 경솔하게 행동하지 않기를 바랐다. 하지만 지금은 리틀 부인을 생각할 겨를이 없다. 우선적으로 해결해야 할 중요한 일이 있었다. 그는 오크 몸통에 등을 기댄 채 발리를 조심스럽게 땅바닥에 내려놓고 발리의 손을 잡았다.

"할머니는 멀리 있지 않아. 할머니는 너를 아주 많이 사랑해. 내가 너를 많이 사랑하는 것처럼. 알겠니, 발리?"

발리는 눈을 감은 채 머리를 양쪽으로 움직였다.

"지금도 나무 소리가 들려?"

"나무 소리가 들려."

"그러면 여기에 잠깐 앉아서 그 소리를 들어보자."

발리는 만족스러운 표정을 지으며 머리를 오크에 기댔다. 루크는 발리를 잠시 지켜보다가 최대한 조용하게 자리에서 일어났다. 발리는 그가 움직이는 걸 알아채지 못한 것 같았다. 그는 발리를 조금 더 지켜보다가 빈터 한쪽 끝으로 발소리를 죽이며 걸어갔다. 시선은 발리에게서 떼지 않았다. 그리고 휴대전화를 꺼내 번호를 눌렀다. 신호음이 몇 번 울리지도 않았는데 전화는 금

방 연결됐다. 이번에는 로버츠 부인의 음성이 들렸다.

"여보세요?"

"저예요. 브램블베리에 도착했나요?"

"네."

여자의 목소리는 차분했지만 루크는 그 목소리 이면에 실린 긴장감을 감지했다.

"어디에요? 그러니까 마을 어디에 있어요?"

"어떤 초가집 바깥인데 큰 흰색 대문이 있고 작은 목장이 있는……."

"아, 거기 알아요. 어느 쪽을 보고 계세요?"

"뭐라고 했죠?"

"어느 방향에 있냐고요?"

"아, 그 말이군요."

목소리는 지극히 정상적이었지만 여자의 마음은 긴장으로 가득한 것 같았다.

"잠깐만요. 지도를 좀 볼게요……. 웨드번 마을 방향을 향해 있어요."

"좋아요, 방향을 돌려서 반대쪽으로 오세요."

"어퍼딘톤 방향으로요?"

자기가 사는 마을 이름을 들으니 루크의 온몸이 굳어졌다. 그 지명이 언급되지 않기를 바랐지만 어쩔 수 없는 일이었다.

"네. 그쪽 방향으로 돌려서 1마일 정도 오세요. 그러면 숲가를 따라올 수 있어요."

"버클랜드 숲이요?"

"네."

그는 숲 이름을 듣고 다시 불편한 기분을 느꼈다.

"왼쪽에 대피소가 보일 때까지 그 길로 쭉 오세요. 대피소는 미나리아재비로 가득한 들판 옆에 있어요. 빛깔이 워낙 환해서 눈에 잘 띌 거예요. 들판을 따라 쐐기풀과 고사리 같은 게 자란 울타리가 보일 거예요. 그리고 대피소 입구에는 밤나무 한 그루가 있어요. 길을 따라 100야드 정도 내려가면 숲으로 연결되는 길이 있어요. 알아들었어요?"

"우리가 어떻게 해야 하죠?"

"대피소로 들어가 기다리세요."

"그쪽이 전화할 때까지요?"

"네."

"꼭 전화할 거죠?"

차분함이 모두 사라진 목소리로 여자가 느닷없이 물었다.

"꼭 전화할 거라고 말해주세요. 네? 설마 우리한테 희망만 주고……"

"걱정 말아요. 걱정 말아요. 전화할게요."

전화기 저편에서 여자의 가쁜 숨소리가 들렸다. 그는 혼자 있다는 사실을 모른 채 오크에 등을 기대고 앉아 있는 발리를 흘긋 건너다보고 말을 했다.

"진짜예요. 제가 장담해요. 곧 있으면 발리를 데려가실 수 있어요."

전화기 저편에서 여자의 목소리가 들렸는데 그 소리가 어찌나 작던지 발리의 목소리로 착각할 뻔했다.

"고마워요. 누구신지는 모르겠지만 정말 고마워요."

여자는 이 말을 하고 전화를 끊었다.

루크는 발리에게 다시 다가가 무릎을 꿇었다. 발리는 눈을 감고 여전히 나무에 기대 있었다. 그는 발리가 놀라지 않기를 바라며 손을 조심스럽게 뻗어 발리의 손을 잡았다. 발리의 몸이 잠시 뻣뻣해지더니 금세 긴장을 풀었다.

"발리, 나야."

루크가 조용히 말했다. 발리가 루크 쪽으로 얼굴을 돌리고 말했다.

"노래해."

"노래해?"

그가 발리를 다시 들어 올렸다.

"누가 노래해? 새가?"

"나무가."

"나무가?"

"나무가 노래해."

루크가 발리를 바짝 안으니 발리가 눈을 다시 크게 떴다. 소녀의 손이 오크 쪽으로 뻗어 있었다. 그는 발리가 나무몸통을 만질 수 있도록 나무에 가까이 다가갔다. 발리가 나무껍질을 손가락으로 만지작거리며 말했다.

"나무가 노래해."

루크는 귀를 기울였고 잠시 후 그도 소리를 들을 수 있었다. 낮게 속삭이는 듯한 멜로디. 숨소리보다 더 미세한. 그는 고개를 숙여 발리의 머리에 입을 맞추고 말했다.

"정말 나무가 노래하네."

그는 발리와 함께 숲의 끝과 맞닿아 있는 브램블베리를 향해 동쪽으로 걸었다. 걸어가는 동안 사방에서 나무들이 살랑거리는 소리를 냈다.

"많은 나무가 노래를 하고 있어. 들리니?"

"모두 노래해."

발리가 말했다.

"그래, 모두 노래하고 있어. 나무가 아주 많아. 오크하고 전나무도 있고 자작나무하고 낙엽송도 있어."

그는 발리를 꽉 안고 걸어갔다.

"개암나무도 있어."

그가 개암나무 쪽으로 걸어가며 말했다.

"느껴지니?"

그는 발리의 손을 뻗어 나무표면에 닿게 한 후에 나무몸통의 가장자리를 따라 발리의 손가락을 천천히 움직였다.

"느껴지니? 나무 가장자리에 담쟁이덩굴이 있어."

"노래해."

발리는 손으로 그것을 더듬으며 말했다.

"나도 알아. 이 나무도 노래를 해. 모든 것이 노래를 해."

루크는 〈꿈〉을 흥얼거리며 걸었다. 발리도 그와 함께 흥얼거렸다. 발리의 곡조와 그의 곡조가 섞이고 두 사람의 곡조와 나무들의 곡조가 섞이는 가운데 마침내 숲의 가장자리에 도착했다. 그는 숲에서 나와서 오솔길에 멈춰 섰다. 두 사람 앞은 온통 블루벨 천지였다. 취할 정도로 향이 진했다. 그는 여전히 자기 품안에 편히 안겨 있는 소녀, 여전히 가벼운 소녀, 여전히 흥얼거리는 소녀를 내려다보며 이 아이와 어떻게 작별인사를 해야 할지를 생각했다. 어린 전나무 쪽으로 가서 아까 오크 옆에서 그랬듯 발리를 땅에 내려놓고 등을 전나무에 기대줬다. 그리고 옆에 앉아 발리의 손을 다시 잡았다. 발리는 그를 향해 고개를 돌렸고 반대쪽 손을 뻗어 그의 얼굴을 더듬었다. 그가 재미있다는 듯 웃었다.

"네가 뭘 하는지 알아."

발리는 낄낄 웃으며 그의 귓불을 만지작거렸다.

"우스운 귀."

루크는 발리를 바라보며 생각했다. 무엇 때문인지는 모르겠지만 어쩐지 자신이 곧 떠난다는 걸 발리가 알고 있는 것처럼 느껴졌다. 그는 발리를 가까이 끌어당기며 속삭였다.

"항상 너를 생각할게. 항상 너를 사랑할게."

그는 잠시 생각에 잠겼다가 말했다.

"할머니도 너를 항상 사랑하실 거야."

발리가 눈을 크게 뜨고 신뢰의 눈빛으로 루크를 말끄러미 올려다봤다. 루크는 발리가 그의 얼굴에 서린 미소를 볼 수 있다면 얼마나 좋을까 생각했다. 그리고 발리에게 마지막으로 입을 맞추고 말했다.

"네 엄마와 아빠도 너를 항상 사랑하실 거야."

"엄마 아빠."

발리가 그를 여전히 올려다보며 말했다.

"곧 만나게 될 거야."

그가 발리의 볼을 어루만졌다.

"이제 그분들이 너를 돌봐주실 거야."

그는 발리한테서 손을 슬며시 빼내고 발리의 손을 그 아이의 무릎에 가지런히 얹은 다음 옆으로 약간 비켜 앉았다. 발리는 미동도 하지 않았다. 얼굴이 돌처럼 딱딱하게 굳었다. 그가 〈꿈〉을 흥얼거리자 발리도 그 아이 특유의, 음조가 안 맞는 기묘한 방식으로 곡을 흥얼거렸다.

"발리, 계속 흥얼거려. 계속 흥얼거리라고. 네 목소리를 들으니까 기분이 좋아."

발리는 조용히 계속 흥얼거렸다.

"나는 여기 앉아서 잠시 꿈을 꿀 거야. 조금 졸리거든. 어쩌면 꾸벅꾸벅 졸지도 몰라. 그동안에도 계속 흥얼거려줄래?"

발리는 계속 흥얼거렸다. 루크는 발리를 슬쩍 남겨두고 오면서 발리가 전에 없이 행복해 보인다고 생각했다. 그는 오른쪽에 있는 나무 그늘에 숨었다. 발리는 그가 곁에 없다는 사실을 알아차리지 못한 듯했고 계속해서 음악을 흥얼거렸다. 나무가 속삭이는 소리를 배경으로 발리의 목소리가 또렷이 들렸다. 그는 전화기를 꺼내 통화를 하고 나무 그늘 더 깊숙이 들어갔다. 그리고 단풍나무 뒤에 서서 발리를 지켜봤다.

발리의 부모는 루크가 하라는 대로 했다. 경솔하게 행동하지도 않았고, 오솔길까지 차를 타고 오지도 않았으며, 발리를 큰소리로 부르지도 않았다. 웹사이트에서 이미 사진을 봤기 때문에 앞으로 천천히 걸어오는 두 사람을 곧바로 알아볼 수 있었다. 밝은 회색 턱수염을 기른 키 큰 남자와 검은색 단발머리를 한 작은 여자였다. 두 사람의 얼굴에는 발리의 얼굴이 담겨 있었다. 루크는 그들에게 품었던 일말의 의구심을 모두 털어버렸다. 하지만 두 사람에게 다가가지는 않았고 두 사람도 루크를 찾지 않았다. 그들은 바다처럼 펼쳐진 블루벨을 바라보며 나무에 기대 앉아 있는 발리에게 시선을 고정했다. 발리는 계속 흥얼거렸지만 ㅡ 루크는 멀리서도 그 소리가 들렸다ㅡ 소파에서 잠들었을 때처럼 두 눈을 감고 엄지손가락을 빨고 있었다. 어쩌면 지금도 잠들어 있는 건지도 몰랐다. 그는 입술을 지그시 깨물고 상황을 지켜봤다. 겁에 질린 두 사람이 마침내 발리 앞에 당도했고 발리 쪽으로 천천히 몸을 숙였다. 여자가 부드럽고 사랑스러운 목소리로 뭐라고 중얼거리는 소리가 그의 귀에 들렸다.

그 말을 알아듣지는 못했지만 알고 싶지도 않았다. 지금은 온전히 그들만의 시간이었다. 발리는 몸을 움직거렸지만 깜짝 놀란 것 같지는 않았다. 발리가 눈을 뜨고 산들바람을 느끼며 몸을 앞으로 숙이자 여자가 발리를 들어 올려 안았다. 여자의 남편이 가까이 다가와 두 사람을 두 팔로 안았고 그렇게 세 사람은 잠시 서로 부둥켜안고 그대로 있었다. 루크는 이 광경을 보는 동안 아빠의 존재가 자신을 에워싸는 느낌을 받았다. 그는 두 눈을 감고 고요한 공기에 대고 속삭였다.

"고마워요."

그리고 머리를 숙여 소리 없이 한참을 울었다. 다시 고개를 들었을 때 발리와 발리의 부모는 사라지고 없었다.

루크는 고개를 숙이고 숲을 되돌아 걸어갔다. 나무가 속삭이는 소리가 계속 들렸다. 발리는 떠났지만 이상하게도 발리의 흥얼거리는 목소리는 계속해서 들렸다. 발리는 지금 고속도로로 향하는 자동차 안에 있으리라. 그 아이가 어떤 감정을 느낄지 궁금했다. 아마 혼란스럽겠지. 하지만 발리의 부모가 그 혼란스러움을 바로잡아줄 것이다. 그는 발리의 부모가 그 아이를 안고 서 있는 모습을 보며 완벽한 안도감을 느꼈다. 진짜 할머니는 아니었지만 할머니로 알았던 사람이나 우스운 귀를 가진 소년에 대해 발리가 느낄 일말의 상실감은 곧 사라지리라. 어쩌면 그들에 대한 기억까지도. 그런 생각을 하니 조금 쓸쓸했지만, 어느 정도 그걸 바라기도 했다. 발리는 이 모든 상황에서 벗어나 새로 시작해야 했다. 그렇다 해도 그의 기억 속에 발리는 영원히 남아 있을 것이다.

태양이 하늘 높이 떠올랐고 날은 시시각각 뜨거워졌다. 시계를 보니 열두 시 오 분이었다. 정말로 오전이 다 지났다는 말인가? 시간이 어떻게 흘렀는지 느낄 겨를도 없었다. 마치 시간 속에 얼어붙어 있었던 것 같았다. 그리고 그건 지금도 마찬가지다. 오크 고목에 가까워지자 어서 오크를 타고 올라가 쉬고 싶다는 마음이 간절해졌다. 하지만 뭔가가 그의 발걸음을 멈추게 했다. 무엇이 자신의 마음을 동요시킨 건지 파악하려고 애쓰면서 앞에 놓인 길을 유심히 쳐다봤다. 그러다가 이내 이해했다. 아빠의 존재가 가까이, 아주 가까이 다가와 있었다. 틀림없다. 그는 작은 물푸레나무에 기대 길을 응시하며 중얼거렸다.

"어디 계세요? 제발, 아빠. 어디 계세요?"

하지만 그의 앞에는 아무도 나타나지 않았다.

"제발요, 아빠. 제발 모습을 보여줘요. 딱 한 번만."

이번에도 아무도 보이지 않았다. 그렇지만 아빠의 존재는 그 어느 때보다도 가까이 있었다. 그는 아빠가 자신과 얘기하려고 한다는 느낌이 들어 절박한 심정이 됐다. 그러다 갑자기 또 다른 존재를 느꼈다. 온몸이 굳었다. 자기가 알고 있는 누군가가 가까이 다가와 있었다. 길을 다시 훑어봤다. 그 순간 누군가 뒤에서 그를 꽉 붙잡았다.

28

루크는 차마 피할 겨를도 없이 땅바닥에 내팽개쳐졌다. 그 충격으로 정신이 혼미해지고 눈앞이 흐릿해졌지만 불쑥 나타난 스킨의 모습이 어렴풋이 보였다.

"개자식! 더럽고 비열한 개자식!"

스킨이 중얼거렸다. 다즈가 스킨 옆에 나타나고 뒤이어 스피드가 나타나더니 세 사람이 한꺼번에 험악한 얼굴로 그를 내려다봤다. 잠시 후 스킨이 앞으로 나오더니 루크의 늑골을 발로 걸어찼다.

"아아."

루크는 고통으로 숨을 헐떡거리며 몸을 둥글게 말았다. 이번에는 다즈가 허리 부분을 발로 찼다. 다음 순간 스킨과 다즈가 마구잡이로 그의 몸 여기저기를 발로 마구 찼다. 루크는 소리를 지르고 신음하며 땅 위에서 몸부림쳤다. 그러자 스킨이 그의 머리카락을 붙잡고 그의 얼굴을 비틀어 돌렸다.

"이게 끝이라고 생각하지 마. 아직 시작도 안 한 거니까."

스킨은 루크를 질질 끌다가 물푸레나무에 내동댕이쳤다. 그러고는 소리쳤다.

"팔을 뒤에서 꽉 눌러!"

루크가 미처 움직일 새도 없이 다즈와 스피드가 뒤에서 그의 팔목을 꽉 잡고 확 잡아당겼다. 팔을 빼내려고 발버둥 쳤지만 그럴수록 팔에 가해지는 힘이 세졌다. 스킨이 경멸하는 눈초리로 그를 훑어보며 말했다.

"우리가 학교에 갔다고 생각했냐?"

루크는 입을 다물었다.

"어? 우리가 학교에 갔다고 생각했냐고?"

스킨이 주먹으로 루크의 배를 가격했다. 루크는 신음을 내며 몸을 구부렸지만 다즈와 스피드가 그를 다시 똑바로 홱 잡아당겼다. 스킨이 그의 얼굴을 뜯어보며 말했다.

"이거 완전히 잘못 짚으셨어."

루크는 숨을 고르며 멍하니 스킨을 마주 보았다. 아침을 떠올려봤다. 패거리가 광장에 있는 건 봤지만 통학버스에 오르는 모습은 보지 못했다. 그때 루크를 기다리다가 오지 않자 자기들도 무단결석을 하기로 작정한 게 틀림없었다. 그리고 루크를 찾아 오전 내내 숲속을 돌아다닌 모양이었다. 만약 그들이 발리를 발견했다면 어떻게 되었을까 생각하니 소름이 끼쳤다. 하지만 그런 생각을 더 할 새도 없이 스킨의 주먹이 다시 그의 배로 날아들었다. 루크가 다시 몸을 구부리고 숨을 헐떡거리자 스킨이 그의 아래턱을 올려 쳤다. 머리가 나무에 쿵 부딪혔고 눈앞이 다시 흐릿해졌지만 그럭저럭 아직 정신을 잃지는 않았다. 스피드의 낮고 불안한 목소리가 들렸다.

"스킨, 그만하자, 응? 이 정도면 충분해."

"아직 충분하지 않아."

"스킨······."

"입 닥쳐!"

스킨의 말에 스피드는 금세 말을 멈췄다. 루크가 곁눈질로 바라보니 이 뚱뚱한 녀석의 얼굴에는 두려움이 서려 있었다. 지금 벌어지고 있는 상황에 대한 두려움과 함께 스킨에게 순종하지 않았다는, 더 큰 두려움이 그의 눈에 어렸다. 스피드도 다즈도 도움을 줄 리 없었다. 스킨이 다시 가까이 다가왔다. 표정을 보아하니 이제부터 진정한 보복이 시작될 모양이었다.

"정말로 짜증나는 건 이렇게까지 될 일이 아니었다는 거야. 너는 그냥 약속만 지키면 되는 거였어. 네 할 일만 하면 됐다고. 우리도 우리가 할 일을 하고 말이야. 저 굼뜬 스피드도 알량한 일

이라도 맡겨지면 했을 거라고. 그런데 너는 안 그랬어. 기회를 줬
는데 넌 우릴 실망시켰어. 우리를 무시했다고. 이거 참 기분 더럽
군. 용서하지 않겠어. 절대로!"

스킨이 라이터를 꺼내 딱, 하고 켰다. 밝은 황색불꽃이 그들 앞
에서 아른거렸다. 스킨은 루크의 눈앞에 대고 불을 이리저리 움
직였다. 루크는 할 수 있을 때까지 뒷걸음질 치다가 나무에 부딪
쳤다. 불꽃이 더 가까이 다가왔다. 스킨이 중얼거렸다.

"용서하지 않아. 절대로 용서하지 않아."

"스킨. 스킨……."

스피드가 말했다.

"입 닥치고 저 녀석을 붙잡아!"

"스킨……."

"잔말 말고 시키는 대로 하라니까!"

스킨이 매섭게 말했다.

루크는 절박한 심정으로 좌우를 둘러봤다. 다즈의 표정은 변
화 없이 어둡고 진지했지만 스피드의 얼굴에는 상반된 감정이
뒤섞여 있었다. 루크는 스피드에게 다급하게 말했다.

"스피드, 스킨이 못하게 좀 말려줘."

스피드는 그의 얼굴을 차마 볼 수 없다는 듯 고개를 돌렸다.

"스피드! 도와줘!"

루크가 다시 말했다.

라이터 불꽃이 바로 눈앞에서 어른거렸고 그 뒤로 자신을 응시하는 스킨의 얼굴이 보였다.

"스피드는 널 돕지 않을 거야. 그렇게 하면 자기도 똑같은 벌을 받는다는 걸 알기 때문이지."

스킨은 그들 앞에서 너울대는 불꽃을 잠시 쳐다봤다.

"내 일을 망쳐놓으면 어떻게 되는지 말했지."

그는 라이터 불을 루크의 오른팔에 갖다 댔다. 따끔거리고 아파서 팔을 빼내려고 했지만 다즈가 그의 팔을 꽉 붙잡고 있었다. 스킨은 잠시 지켜보다가 다즈의 손에 붙들려 있던 루크의 손을 갑자기 자기 앞으로 확 잡아당겼다. 한 손엔 라이터 불을 다른 한 손엔 루크의 팔목을 붙잡은 채 루크를 쳐다봤다.

"난 경고했었어. 못 들었다고는 말 못하겠지."

루크는 붙잡힌 손을 빼내려고 미친 듯이 잡아당겼다.

"붙잡아! 꽉 붙잡아!"

스킨이 소리를 질렀다.

다즈가 루크의 목을 잡고 나무 쪽으로 밀쳐 꼼짝 못하게 눌렀다. 스피드는 스킨이 잡지 않은 루크의 다른 쪽 손을 붙잡고 있었는데 그가 점점 더 두려워하고 있다는 게 느껴졌다. 스킨이 심드렁한 목소리로 다시 말했다.

"피아니스트가 되려면 두 손이 멀쩡해야 할 텐데 말이지. 손이 고장 나면 다 끝난 거지. 그래서 피아니스트들이 손 보험에 드는 거 아니겠어."

그는 시선을 루크에게 고정한 채 잠시 말을 멈췄다.

"너도 보험 들었냐?"

루크는 두 손을 필사적으로 빼내려고 했지만 역부족이었다. 스킨은 그가 안간힘을 쓰는 것을 멈출 때까지 기다렸다가 비웃듯 한숨을 내쉬었다.

"반응을 보아 하니 보험을 안 든 모양이군. 이거 정말 안됐어. 오늘 이후로 다시는 피아노를 못 칠 테니 말이야. 하기야 다른 일을 하면 돼지."

오싹한 기운이 전신을 타고 흘렀다. 스피드가 다시 초조하게 말했다.

"있잖아 스킨, 우리가……."

"입 닥쳐."

"스킨, 우리가……."

스킨이 스피드를 노려봤다.

"입 닥치라고 했지! 여기 오기 전에 이미 다 끝낸 얘기야. 다즈도, 나도, 너도 모두 동의한 일이야."

그가 루크를 곁눈질했다.

"겁 많은 이 새끼만 빼고 말이야. 하긴 이 새끼는 절대 동의 못 하겠지."

스킨은 자기 턱을 루크의 턱 앞에 바짝 들이대며 말했다.

"오늘이 끝날 쯤에 이 녀석은 죽은 몸이 돼 있을 테니까."

스킨은 루크의 손을 앞으로 홱 잡아당겨 라이터 불로 손바닥을 훑었다. 라이터 불이 손바닥을 핥듯이 지나간 후 루크는 팔을 빼내려고 몸부림을 치면서 비명을 질렀다. 라이터가 더 가까이 다가왔다. 그 불이 뜨거운 칼처럼 느껴졌다. 형언하기 어려운 고통이 그의 몸을 관통했다. 스킨이 킬킬거리며 웃었다.

"그러니까 보험을 들었어야지. 핫바지 같은 네 아비라면 그렇게 했을 텐데."

루크를 자극하는 데 이보다 심한 말은 없었다. 그는 치솟는 분노를 주체하지 못하고 비명을 질러댔다. 그러면서 스피드의 손힘이 느슨해진 틈을 타 왼팔을 마구 비틀어 빼낸 다음 라이터를 쳐서 땅바닥에 떨어뜨렸다. 그리고 정신이 나간 것처럼 마구 몸부림을 쳐서 그들의 손아귀에서 벗어났다.

"붙잡아!"

스킨이 고함을 질렀다.

루크는 비틀거리면서도 길 쪽으로 정신없이 달렸다. 어찌나 두려운지 몸이 아픈 것도 잊고 마구 달렸다. 뒤에서 고함을 치며 따라오는 스킨과 다즈가 그의 몸에 닿을 정도로 손을 내뻗었지만 그를 붙잡지는 못했다. 그럭저럭 격차를 약간 벌였지만 그들은 욕을 하며 여전히 바싹 따라왔다. 그들과의 거리를 더 넓히기 위해 필사적으로 달렸다. 평소라면 거뜬히 앞서 달렸을 텐데 지금은 그럴 만큼 상태가 좋지 못했다. 마을에 도착하기 전에 그들에게 붙잡힐 게 뻔했다. 하지만 그에게는 안전한 장소가 한 곳 있었다. 그곳까지 갈수만 있다면 좋으련만. 어깨 너머로 뒤를 돌아봤다. 패거리와는 어느 정도 거리가 있었지만 루크는 지금 너무 지쳤고 몸이 아팠다. 오크 고목에 도착할 수 있기를 간절히 바라며 달리고 또 달렸다. 드디어 오크가 보이기 시작했다. 그는 나무 몸통으로 달려들어 기어올랐다. 지금까지 살아오면서 그렇게 무모하게, 그렇게 몸이 아프도록, 그렇게 미친 듯이 나무를 오른 적이 없었다. 그들을 피할 수 있는 시간이 불과 몇 초밖에 없었다. 지금 이 순간 오르지 못하면 그들의 손에 발목을 꽉 붙잡히고 말 것이다.

두 녀석이 오크 앞에 도착했을 때 그들과의 거리는 아주 근소했다. 그들은 뛰어올라 루크를 붙잡으려고 했지만 소용없다는 걸 깨닫고 포기한 후 그를 노려봤다. 스킨이 으르렁거렸다.

"이렇게 하는 게 너한테 도움이 된다고 생각하지 마. 전혀 도움이 안 될 거거든. 내가 말했지. 너는 오늘 죽었다고."

루크는 첫 번째 나뭇가지에 앉아 숨을 헐떡거렸다. 얼굴이 땀으로 흠뻑 젖은 스피드가 비틀거리며 빈터로 움직였다. 스킨이 스피드 쪽을 쳐다보며 말했다.

"자, 너하고 다즈가 뭘 해야 하는지 알지? 어서 움직여!"

다즈는 곧바로 빈터를 가로질러 갔지만 스피드는 꼼짝도 하기 싫다는 듯 그 자리에 멈춰 섰다. 스킨이 소리를 버럭 질렀다.

"어서 움직여! 내 시간을 잡아먹지 말고!"

"스피드, 어서! 어서 이리 와. 넌 날쌘돌이잖아!"

다즈가 뒤를 돌아보며 소리쳤다.

스피드가 나무 위를 올려다보았다. 괴로워하는 그의 얼굴이 루크의 눈에 보였다가 이내 사라졌다. 스킨이 루크를 냉소하듯 올려다보며 말했다.

"네가 이런 꼼수를 쓸 거라는 건 이미 예상하고 있었어. 그래서 우리도 미리 몇 가지를 준비해뒀지."

그는 아예 땅바닥에 드러누워 팔베개를 했다.

"난 저 녀석들이 돌아올 때까지 여기서 쉬고 있을 거야. 내가 너였어도 너처럼 했겠지. 살아 있는 마지막 순간을 최대한 활용했을 거란 말이야."

루크는 나무 위로 다시 올라갔다. 스킨이 어떤 계획을 세웠든지 간에 아래쪽 나뭇가지에 앉아 그의 조롱을 듣고 싶지는 않았다. 전신이 아프고 머리가 지끈거렸다. 라이터 불이 닿았던 오른손도 너무 쓰라렸다. 나무 위로 더 올라가는 일이 쉽지 않았지만 나무 위 집에만 가면 적어도 누구의 눈에도 띄지 않고 안전하게 있을 수 있었다. 이따금 스킨이 밑에서 비아냥거리는 소리가 들려왔다. 그 소리를 들으며 고통스럽게 기어 올라가 마침내 그곳에 도착했다. 몸을 끌어당겨 판자에 드러눕자 땅에서 그의 모습은 전혀 보이지 않게 됐다. 스킨이 잠잠해지자 들리는 소리는 나뭇잎 살랑거리는 소리뿐이었다. 그는 휴대전화를 꺼내 번호를 누르고 기다렸다.

"엄마 제발요. 전활 받아요, 전활 받아요. 제발."

루크가 중얼거렸다. 하지만 응답이 없었다. 엄마는 그를 찾으러 나간 모양이다. 지금쯤은 아들이 학교에 가지 않았다는 사실을 알았으리라. 셜 선생이 분명히 전화했을 것이다. 자동응답기가 작동되기를 기다렸다가 할 말을 남겼다.

"엄마, 나야. 내가 지금 좀 곤란한 상황에 처했어. 숲속 오크 고목에 올라가 있는데 밑에서 스킨 패거리가 나를 잡으려 하고 있어. 날 죽이고 싶은 모양이야. 그 녀석들이 나무 위로 올라오진 못하는데 뭔가를 작정했나 봐. 그 녀석들이 뭘 어떻게 할지는 나도 모르겠어. 사다리를 놓든 어쨌든 뭔가를 저지를 것 같아. 제발 도와줘. 도망갈 수가 없어."

그는 잠시 생각했다.

"그런데 엄마 혼자 오지는 마. 위험할 수 있어. 로저 아저씨든 빌 폴리 아저씨든 아니면 다른 누구라도 데리고 와. 혼자 오지 말고, 알겠지?"

그러고는 잠시 사이를 두고 말했다.

"엄마, 사랑해."

루크는 전화를 끊고서 다른 번호를 기억해내려고 애썼다. 엄마의 말을 전하려고 딱 한 번 그 번호로 전화를 한 적이 있었는데 자기 기억이 맞는지 확신이 안 섰다. 다행히 처음에 떠올린 번호가 맞았지만 이번에도 자동응답기로 연결됐다.

"안녕하세요, 로저 길모어의 집입니다. 지금 부재중이오니 삐 소리가 난 후 하실 말씀과 연락처를 남겨주시면 나중에 연락드리겠습니다."

루크는 신호음을 기다렸다가 할 말을 남겼다.

"로저 아저씨, 저예요…… 루크. 지금 숲속 오크 고목 위에 있어요. 절 좀 도와주세요. 위험에 처해 있거든요."

루크는 전화를 끊고 가만히 누워 밑에서 무슨 소리가 들리나 귀를 기울였다. 목소리나 움직이는 소리는 들리지 않았다. 아래쪽에서 무슨 일이 벌어지고 있는지 궁금하긴 했지만 밑을 내려다보지는 않았다. 녀석들이 사다리를 가져오거나 나무를 타고 올라온다면 그 소리가 분명 들릴 것이다. 일단은 숨어 있어야 했다. 그의 모습이 보이면 녀석들이 더욱 비아냥거릴 게 뻔했다. 경찰서에 전화를 걸어볼 생각도 했지만 곧바로 포기하고 말았다. 경찰이 관여하면 다른 어떤 일이 드러날지 알 수 없었다. 경찰은 모든 사람을 심문할 테고 그러면 침입사건과 심지어 발리에 대해서, 그리고 리틀 부인의 소행에 대해서 알게 될지 몰랐다. 리틀 부인이 잘못했다는 사실은 알았지만 부인이 기소되는 걸 원하지는 않았다. 적어도 부인과 직접 말할 기회가 생길 때까지는. 조금이라도 운이 좋다면 엄마가 로저 길모어 씨나 빌 폴리 씨, 아니면 다른 누군가와 함께 나타날 것이고 그러면 경찰의 개입 없이도 탈출할 수 있을 것이다.

온몸 구석구석 안 아픈 곳이 없었다. 그는 통증을 무시하고 다른 생각을 하려고 애썼다. 그러자 저도 모르게 어느새 발리 생각이 났다. 발리는 지금 어디에 있을까? 그는 발리의 얼굴을 그려보면서 발리도 자기 얼굴을 그려본 적이 있을지 궁금해했다. 아마 없으리라. 발리가 그에 대해 조금이라도 생각한다면 그건 그의 목소리나 그가 발리에게 일깨워준 음악 정도일 것이다. 그는 눈을 감고 별을 찾았다. 하지만 텅 빈 검은 공간만이 보였다. 그 공간을 바라보며 한동안 누워 있었는데 마치 꿈속에 있는 듯했다. 스킨의 목소리가 저 아래 땅이 아닌 그의 어두운 마음속에서 들려왔다.

'넌 오늘 죽었어.'

그때 연기 냄새가 났다. 몸에 감겨붙는 듯한, 맵고 짙은 연기 냄새가. 루크는 공포감에 눈을 뜨고 가장자리로 기어가 아래쪽을 살펴봤다. 저 아래에서 스킨과 다즈가 그를 올려다보며 히죽히죽 웃었다. 나무밑동 옆에서 나뭇가지와 나뭇잎 더미가 불에 타고 있었고 그 맨 위에 낡은 자동차 타이어가 올려져 있었다. 스킨이 양철통 하나를 들어 올려 그에게 보여줬다.

"디젤유야! 널 위해 특별히 준비했어!"

스킨은 큰 소리로 말하고 미친 듯이 웃었다. 공포감에 휩싸여 나무 아래로 내려가기 시작했다. 단 1초라도 허비하면 안 된다는 사실을 알았다. 디젤유와 자동차 타이어. 연기에 질식해 죽는 데는 2분도 안 걸릴 것이다. 하지만 이미 눈이 따끔거리기 시작했고 숨이 가빠왔다. 루크는 연기에 휩싸여 기침을 하고 숨을 몰아쉬면서 침을 흘렸다. 숨을 멈춰보려고 애썼지만 소용없는 일이었다. 연기에 완전히 뒤덮이자 그는 숨을 헐떡이면서 푸푸 소리를 냈고 구역질을 했다. 끔찍한 검은 연기였다. 폐 주위에 경련이 일었다. 그가 연기를 들이마실 때마다 연기도 게걸스럽게 자신을 들이 삼키는 것 같았다. 아직 절반도 내려가지 못했는데 벌써 죽을 것만 같았다.

나무 가장자리 쪽으로 가야겠다는 절박한 심정에 가장 가까운 나뭇가지로 몸을 끌어당기기 시작했다. 연기의 중심지에서 벗어나면 조금이나마 맑은 공기를 마실 수 있을 것이다. 그러나 의식이 점점 사라지고 있었다. 머리가 빙글빙글 돌고 폐가 타는 듯했으며 눈이 스르르 감겨왔다. 그러면서도 나뭇가지 끝을 향해 몸을 가까스로 끌고 갔다. 밑에서 스킨과 다즈의 광적인 웃음소리, 나뭇가지가 타닥거리며 타는 소리, 그리고 타이어가 타들어가는 기분 나쁜 소리가 들려왔다. 목이 잠기고 헛기침이 났다. 연기는 자욱해졌고 숨이 턱턱 막혔다. 나뭇가지의 끝이 바로 눈앞에 보여서 잎을 헤치고 그 끝으로 기어가는데 머리가 어찔어찔해서 견딜 수가 없었다. 맑은 공기를 마시고 싶었지만 시커멓고 살인적인 연기만 그득했다. 가지가 그의 무게 때문에 기울기 시작했다. 그는 가지에 간신히 들러붙어 있었다. 저 밑, 숲 바닥이 뱅글뱅글 돌았다. 그때 두 녀석이 달아나고 어떤 어슴푸레한 형체가 빈터로 달려오는 모습이 보였다.

그 다음 순간 루크가 아래로 떨어졌다. 고통을 느끼지는 않았다. 몸이 가벼워지면서, 떨어지는 게 아니라 날고 있다는 느낌만 들었다. 그는 나무속을 통과해서 위로 올라가고 있었다. 나무속은 통로로, 이 통로는 소리의 공간으로 바뀌었고 거센 파도 소리가 들렸다. 꿈에서 본 익숙한 풍경이었다. 그는 통로를 통과해서 계속 위로 날아올랐다. 나무의 아랫부분을 지나 중간부분을 지나고 이어 윗부분을 지나 마침내 통로를 완전히 빠져나와 하늘로 날아올랐다. 그때 뒤를 돌아보니 스킨과 다즈가 숲속을 달려 도망치는 모습과, 연기 때문에 흉측하게 변한 커다란 오크와, 그 옆 땅바닥에 널브러져 있는 자신의 육체가 보였다. 누군가 자기 몸 위로 상체를 숙이고 있었는데 그 사람이 누군지는 알 수 없었다. 누군가가 숲과 숲속의 사람들과 그의 육체에서 시선을 거두라고 재촉하는 것 같았다. 그래서 고개를 돌리니 그 앞에 어떤 빛이 보였다. 별 같았다. 아주 거대하고 찬란하며 행복감을 느끼게 하는 별. 그는 별에서 흘러나오는 듯한 어떤 목소리를 들었다.

"너는 죽을 준비가 되었니?"

루크는 그 빛을 말끄러미 쳐다봤다. 빛은 점점 더 밝아졌다. 이보다 더 아름다운 것은 존재할 수 없다고 생각했다. 그가 그 별을 향해 날아오르려고 하자 목소리가 다시 들렸다.

"너는 살 준비가 되었니?"

루크는 땅 위에 있는 자신의 육체와 그 위로 몸을 숙인 사람을 뒤돌아보았다. 그러면서 생각했다. 엄마와 미란다와 리틀 부인과 발리와 하딩 선생을. 지금도 곁에 있고 항상 곁에 있어준 아빠를. 그리고 비록 그는 거의 잊고 살았지만 그래도 그를 잊지 않아준 애정 어린 사람들을. 이제 다시는 외롭다고 느끼지 않으리라. 루크는 잠시 빛의 음악에 귀를 기울이다가 다시 별을 쳐다보며 조용히 속삭였다.

"살 준비가 되었어요."

29

눈을 떠보니 숲 바닥이었다. 그는 죽은 듯 누워 있었다. 눈앞이 흐릿했지만 나뭇잎과 연기, 그리고 하늘을 배경으로 자신을 내려다보고 있는 로저 길모어 씨의 걱정스러운 얼굴이 보였다. 누군가 망치로 마구 내리친 것처럼 가슴이 아팠다. 여전히 기침이 나오고 숨이 가빴으며 입안에 느껴지는 연기 맛 때문에 구역질이 났다. 말을 하려고 애써봤지만 쉰 목소리의 웅얼거림만 새어나왔다.

"진정해. 아직은 말하지 않는 게 좋아. 기운을 빼면 안 돼. 지금은 네게 남아 있는 모든 힘을 아껴야 하거든."

길모어 씨는 루크의 손을 토닥였다.

"구급차를 부를게."

"엄마."

루크가 중얼거렸다. 목소리가 갈라지고 이상해서 마치 다른 사람의 목소리처럼 느껴졌다.

"엄마가…… 보고 싶어요……."

"그래, 나도 안다. 곧 전화 할 거야. 다른……."

로저 씨는 고통스러운 듯 얼굴을 찌푸리더니 말을 잠시 멈추었다.

"다른 사람한테 전화할 겨를이 없었어. 워낙 순식간에 일어난 일이라."

그는 다시 얼굴을 찌푸리다가 그 모습을 보여주기 싫다는 듯 고개를 돌렸다. 루크는 무슨 일이 일어났는지 파악해보려고 했지만 제대로 생각을 할 수가 없었다. 가슴의 통증과 폐와 입안에 느껴지는 연기의 역겨운 느낌이 사라졌으면, 그리고 흐릿한 시야도 또렷해졌으면 좋겠다는 생각만 들었다. 그리고 엄마가 곁에 있으면 좋겠다는 생각이 아주 간절했다. 오른쪽을 보니 나무밑동에서 아직도 시커먼 연기가 솟아오르고 있었다. 타이어는 여전히 타닥거리는 소리를 냈고 불길은 아직까지 나뭇가지 위에서 널름거렸다. 오크 고목의 몸통은 검은색으로 변하고 있었다. 그는 와락 울음을 터뜨렸다.

루크의 시선을 쫓던 로저 씨가 말했다.

"나도 안다. 안됐지만 이 오크는 죽을 것 같구나. 이런 학대를 받고 살아남을 나무는 많지 않아. 이 오크나 이 불에 대해 우리가 할 수 있는 일은 없어. 그런 일은 전문가가 해야 돼. 스킨 녀석이 타이어 전체에 디젤유를 뿌렸더구나. 그 녀석이 텅 빈 양철통을 들고 달아나는 모습을 봤어. 얼빠진 녀석 같으니라고! 정신 나간 녀석이야. 경찰이 그 녀석과 패거리를 처리하겠지."

로저 씨가 휴대전화를 꺼냈다.

"루크, 지금 아저씨가 구급대원한테 전화해서 경찰서와 소방서로 연락해달라고 말할 거야."

"그리고…… 그리고…….”

"그래, 그리고 네 엄마한테 전화할게. 아저씨도 다 알고 있어. 넌 그냥 잠시 쉬면서 기운을 좀 차려보렴."

루크는 로저 씨가 전화하는 소리에 귀를 기울였다. 아저씨는 이곳의 상황과 숲의 위치를 말하면서 이따금 말을 더듬었다. 몹시 고통스러운지 말하는 것조차 힘들어하는 것 같았다. 가까스로 통화를 마치고 이제 그의 엄마에게 전화를 하려고 했다. 로저 씨가 번호를 누르며 말했다.

"우선 너희 집으로 전화를 할게. 집에 없으면 휴대전화로 걸어보마."

"제가…… 제가…… 엄마의 휴대전화를 가져왔어요."

"그렇구나."

로저 씨는 이 말만 했다. 그는 이미 전화기 저편에서 응답이 들

릴까 싶어 귀를 기울이고 있었다. 하지만 엄마는 아직도 부재중
이었다. 잠시 후에 로저 씨가 음성을 남겼다.

"커스티, 접니다. 루크가 나무에서 떨어졌어요. 상태가 심각하
진 않지만 병원에 가봐야 해요. 구급차를 불러서 지금 오고 있는
중이에요. 지금 저하고 루크는 숲속 루크의 오크 옆에 있어요. 구
급대원들이 차를 최대한 가까이 주차하고 나머지 길은 걸어서
오기로 했어요. 스킨과 다즈가 일으킨 문제여서 경찰도 올 겁니
다. 몇 분 안에 돌아오면 반드시 숲으로 와주고 그렇지 않으면 병
원으로 곧바로 와요. 거기서 만나게요. 언제든 통화할 수 있게 제
전화는 계속 켜둘게요. 그리고 커스티……."

그가 말을 잠시 멈추었다.

"걱정하지 말아요. 괜찮을 거예요. 자세한 얘기는 나중에 해줄
게요."

루크는 로저 씨가 전화를 끊을 때까지 기다렸다가 작게 웅얼
거렸다.

"고마워요."

그러자 로저 씨가 뒤돌아보며 미소를 지었다. 침묵이 흐르는
가운데 루크는 여전히 누워 있고 로저 씨는 그 옆에 무릎을 꿇고
앉아 있었다. 불길은 계속 타올랐지만 연기가 두 사람한테 미치
지는 않았다. 바로 그때 루크는 로저 씨가 자신을 옮겼다는 생각
이 들었다. 자기가 떨어진 위치가 지금 이 지점일 리 없었다. 휠

썬 불길 가까이에 떨어졌을 텐데 지금 그는 오크에서 몇 야드 떨어진, 빈터의 거의 중앙지점에 누워 있다. 연기를 피해 로저 아저씨가 그를 옮긴 게 틀림없었다. 로저 씨가 자신을 옮기느라 얼마나 힘들었을까, 생각했다. 두 사람 모두 상태가 좋아지면 이 얘기를 꼭 해야겠다고 생각했다. 사실 하고 싶은 얘기는 아주 많았지만 지금은 침묵하는 것이 서로에게 가장 편안할 것 같았다. 두 사람이 침묵을 지키는 가운데 타이어 타는 소리가 그치지도 않고 들려왔다. 산비둘기 우는 소리와 더 먼 곳에선 뻐꾸기 우는 소리도 들렸다. 그는 마법 같은 빛의 공간에서 보았던 영상을, 그때 느꼈던 감정과 지금 고통 속에서도 느껴지는 감정에 대해 생각했다. 자신이 사랑했던 사람들과 자신을 사랑해준 사람들을 생각했다. 그는 심연 어딘가로 길고긴 여행을 갔다가 이제 막 돌아오고 있었다.

구급대원들이 도착했다. 한 남자가 커다란 녹색배낭과 길고 평평한 판자를 들고 왔고 한 여자가 붉은색 원통형 용기를 들고 왔다. 두 사람은 재빨리 무릎을 꿇고 앉았다. 남자가 말했다.

"안녕, 루크. 난 톰이고 이쪽은 메리야. 메리가 길모어 씨하고 잠깐 얘기하는 동안 내가 너를 좀 살펴볼 거야. 괜찮지? 지금은 우선 네 목에 손을 얹고 잠시 있을 거야. 네가 무심코 네 척추에 무리가 되는 행동을 할 수도 있거든. 어디 부러진 데 있는 것 같니?"

"아뇨."

루크가 중얼거렸다.

"좋아. 가만히 누워 있어."

톰의 손이 부드러우면서도 힘 있게 목에 와 닿았다. 저쪽에서
는 메리라는 여자가 로저 씨와 낮은 목소리로 대화를 나누었다.
그 내용을 알아듣지 못했지만 대화는 금세 끝났고 어느새 세 사
람이 자신을 둘러싸고 있음을 알아차렸다. 메리가 톰을 흘긋 보
고 말했다.

"길모어 씨가 루크를 떨어진 지점에서 옮겼대요."

"그렇게 하지 말았어야 했는데."

톰이 말했다.

"어쩔 수 없었어요. 떨어진 지점에 그대로 놔두었으면 연기에
질식했을 겁니다. 위험한 일인 줄은 알았지만 달리 방법이 없었
어요."

톰은 루크의 목 주변을 여전히 힘 있게 누른 채 말했다.

"그렇군요. 그런 상황이었다면 잘하신 거네요. 운이 조금이라
도 있다면 걱정할 일은 일어나지 않겠죠. 그래도 안전을 기하려
면 루크를 운반대에 눕혀 끈으로 고정해서 몸에 무리가 가지 않
도록 하는 게 좋겠어요. 우선 산소부터 주입하고요."

루크의 얼굴에 산소마스크가 씌워졌다. 입안 가득 고약한 연

기 맛을 느끼던 차였는데 산소마스크가 씌워지니 숨 쉬기가 훨씬 편안해졌다.

"이걸 쓰면 도움이 좀 될 거야. 이제 네 목에 보호대를 대고 몸을 운반대에 안전하게 잘 묶을 거야. 기분이 좀 이상하겠지만 그렇게 해야 예방조치가 되거든. 알겠니?"

메리가 말했다.

루크는 아무 말도 하지 않고 산소를 들이마시며 느껴지는 안도감을 음미했다. 구급대원들은 루크의 목에 보호대를 대고 몸이 움직이지 않도록 그대로 들어 올려 조심스럽게 운반대 위로 옮긴 후 몸과 머리를 끈으로 고정했다.

"루크 괜찮니?"

메리가 물었다.

루크는 웅얼거리며 그렇다는 대답을 했다.

"이제 검진을 몇 가지 한 후에 바로 병원에 데려갈 거야. 메리가 가져온 장비를 준비하면 내가 신속하게 검진을 할 거야. 불편할 건 전혀 없으니까 걱정하지 마. 내가 손으로 누르는 부분이 정말로 아프면 소리를 내줘, 알겠니? 아프지 않으면 가만히 있고."

톰의 말에 마음이 편해졌다. 그는 그 마법의 공간을, 여기와는 다른 그 세계를 다시 생각했다. 그곳에서는 피곤함이 전혀 느껴지지 않았고 활기가 넘쳤다. 하지만 지금은 온몸이 지칠 대로 지쳐버렸다.

구급대원들이 검진을 시작했다. 메리는 루크의 손가락에 클립을 끼우고 정맥주사를 놓은 후 휴대용 모니터에 연결된 도선을 가슴에 반창고로 고정했다. 뒤이어 그의 팔에 두른 혈압계 밴드를 조였다. 메리가 이렇게 하는 동안 톰은 메리와 얘기를 나누면서 차분하고 꼼꼼하게 루크의 상태를 확인했다.

"내가 보기에 골절된 곳은 없어요. 팔다리에 할퀸 자국이 많은데 나무를 타고 올라갈 때 생긴 것 같군요. 얼굴에 심한 상처와 멍이 있는데 흉곽 주변에는 더 많아요. 주먹질과 발길질을 매우 심하게 당한 것 같네요. 오른쪽 손바닥엔 흉측하게 불에 탄 자국이 좀 있는데 보기가 영 안 좋군요."

그는 이렇게 말하고 루크를 쳐다봤다.

"나무에서 떨어진 것 말고도 너한테 다른 일이 있었지?"

그는 루크의 손을 재빨리 만졌다.

"괜찮아. 대답은 안 해도 돼. 지금은 말을 하면 안 되니까."

루크는 아무 말도 하지 않았고 구급대원들은 하던 일을 계속했다. 로저 씨는 가까이 앉아 한 손을 루크의 어깨에 얹고 이 모습을 말없이 지켜봤다. 나무밑동에서는 아직도 연기가 올라오고 있었다. 루크는 두 눈을 감았다. 마음이 어딘가로 둥실 흘러가는 느낌이 들었는데 거기가 어딘지는 알 수 없었다. 잠시 후 메리의 목소리가 들렸다.

"자, 루크, 이제 널 병원에 데려갈 준비가 다 됐어. 거기서 검사를 좀 더 받을 거야. 가슴 엑스레이촬영, 채혈, 기도검사, 뭐 그런 것들. 그리고 미리 말해두는데 가는 길에 좀 시끄럽고 정신없을 수도 있어. 톰이 다른 구급기관에 연락을 했는데 지금 그쪽이 멀지 않은 곳에 와 있거든. 우리가 널 병원차에 실을 때 만날 수도 있어. 하지만 네가 걱정할 일은 아니야."

"소방관들은 어떻게 숲속으로 장비를 가져오죠?"

로저 씨가 물었다.

"이런 상황에서 쓰는 특수 소형차와 소형장비가 있어요."

메리는 이렇게 대답하고 재빨리 루크를 돌아봤다.

"루크, 경찰도 올 거야. 하지만 병원에서 널 검사하고 네 상태가 완전히 호전될 때까지는 아무도 네게 질문하지 않을 거야."

"루크는 괜찮겠죠?"

로저 씨가 서둘러 물었다.

"괜찮을 거예요. 로저 씨 덕분에요. 그래도 지금 병원에 데려가서 확실히 검사해봐야 해요. 로저 씨도 검사를 좀 해봐야 하는데. 지금은 제대로 된 검사를 못해드려서 죄송해요. 루크를 검사하는 일이 워낙에 더 급해서."

메리가 말했다.

"전 걱정하지 말아요. 괜찮아요."

"아니에요. 전혀 괜찮은 상태가 아니신데 잘 참아주셨어요. 병원까지 같이 가주시면 거기서 자세하게 검사해드릴게요."

"그러지요."

"자, 그럼 루크를 데리고 갑시다."

메리가 말했다.

그들은 루크의 얼굴에 산소마스크를 씌운 채로 숲길을 따라 걸었다. 가는 길에 좁은 길 오른쪽으로 가고 있는 첫 번째 소방차를 마주쳤고 잠시 후 이를 뒤따르는 두 번째 소방차를 봤다. 하지만 루크는 소방차가 지나가는 광경을 거의 보지 못했다. 나무를 구하기엔 소방차가 너무 늦게 왔다는 생각만 떠오를 뿐이었다. 하지만 적어도 머리는 조금씩 맑아지고 있었다. 그리고 불길에서 벗어나 푸른 하늘을 바라보니 안도감이 느껴졌다. 메리가 로저 씨에게 했던 말이 생각났다.

"괜찮을 거예요. 로저 씨 덕분에요."

그는 이게 무슨 뜻인지 정확히 알 수는 없었지만 이런저런 짐작을 해보았다. 한때 자신이 그토록 싫어했던, 지금 곁에서 고통스럽게 걷고 있는 로저 씨를 쳐다보았다. 그리고 그의 손을 잡고 꽉 쥐었다.

병원 침대는 따뜻하고 부드러웠다. 루크는 창문으로 들어온 늦은 오후의 햇살을 음미하며 침대에 편안하게 누워 있었다. 검사결과도 좋았다. 병원에 와서 로저 씨도 몇 가지 검사를 받았다. 하지만 무엇보다 기분이 좋은 건 지금 엄마가 옆에 있고, 병실에 두 사람뿐이라는 사실이었다.

"넌 괜찮을 거야. 여기서 며칠 쉬면 집에 갈 수 있다고 했어."

엄마가 그의 이마를 어루만지며 말했다.

"내가 전화했을 때 어디에 있었어?"

"널 찾으러 나갔었어. 차를 몰고 길 여기저기를 다녔지. 오늘 아침에 셜 선생님이 전화하셔서 네가 학교에 안 왔다고 했거든. 제이슨 스키너 패거리도 학교에 오지 않았다고 하셔서 그 녀석들이랑 같이 있겠구나 싶었어. 혼자 결석했다면 곧바로 숲으로 찾으러 갔을 거야. 하지만 그 녀석들은 너처럼 숲을 좋아하지 않는 것 같아서 전에 너희들을 종종 발견했던 곳으로 가봐야겠다고 생각했지. 결국 네가 있던 곳만 빼고 거의 다 다녔지 뭐니."

"미안해. 미안해요. 내가 모든 일을 복잡하게 만들었어."

"아냐, 그렇지 않아. 이건 잘잘못을 따질 수 없는 일이야."

엄마가 그의 어깨에 손을 얹으며 말했다.

"로저 아저씨는? 아저씨 봤어?"

"아직 못 봤는데 전화통화는 했어."

"아저씨 괜찮아?"

"많이 아프신 것 같은데 괜찮아지실 거야. 모두가 널 걱정하고 있어. 로저 씨도 그렇고."

"아저씨한테 무슨 일이 있었어? 어디 다친 거야?"

"넌 모르니?"

루크가 고개를 절레절레 흔들었다.

"나무에서 떨어진 건 기억나는데 그 다음은…….."

그는 그 마법의 공간과 거기서 보낸 짧고 소중한 시간을 다시 생각했다. 그는 그 시간을 또렷이 기억했고 앞으로도 영원히 그럴 터였다. 하지만 지금은 그 얘기를 할 때가 아니었다.

"기억이 잘 안 나."

"무슨 일이 있었는지 말해줄게. 엄마가 집에 돌아가서 자동응답기에 담긴 너와 로저 씨의 음성을 듣고 곧바로 로저 씨 휴대전화로 전화를 걸었어. 그때 너는 병원에 도착했고 로저 씨는 막 엑스레이를 촬영하려던 참이었지. 그래도 짧게나마 통화는 했어. 로저 씨는 작업장으로 걸어가고 있었는데 전화벨이 울리는 소리를 듣고 다시 집으로 들어가셨대. 약 2초 차이로 네 전화를 못 받았지만 네 음성을 듣고 숲으로 곧장 가셨나 봐. 마침 제 때에 도착했다고 하시더구나."

루크는 나무 위에서 보낸 필사적인 마지막 순간을 떠올리며 말했다.

"그랬구나. 떨어질 때 어떤 사람이 앞으로 달려오던 모습이 기억나. 그렇지만 머리가 뱅글뱅글 돌고 온통 연기가 가득해서 누군지는 못 봤거든."

"그 사람이 로저 씨야. 네가 나뭇가지 끝에서 미끄러지려고 하는 걸 보고 그대로 달려가셨대. 너를 받아 안거나 아니면 어떻게

든 떨어질 때의 충격을 완화하려고 말이야. 네가 떨어진 높이를 감안할 때 그건 참으로 무모한 행동이었지. 로저 씨는 분명히 자기가 다칠 거라는 걸 아셨을 거야. 어쨌든 간신히 땅바닥에 누워서 네가 자기 몸 위에 떨어지게 하셨나 봐. 그런데 감당해야 할 결과가 너무 컸어. 어깨가 탈구됐고 오른쪽 손목이 부러진 데다 갈비뼈 두 개에 금이 갔거든. 분명히 매우 고통스러우셨을 거야. 특히 그 다음에 더욱 그러셨겠지.”

“그게 무슨 말이야?”

루크는 질문하는 순간 대답을 직감했다.

“널 옮겨야 했으니까. 네 척추에 손상이 갈 수도 있으니까 그래서는 안 된다고 생각했지만, 그대로 있으면 두 사람 모두 연기에 질식해 죽을 게 뻔했지. 그래서 널 불길에서 멀리 떨어진 빈터로 옮기신 거야. 연기도 자욱한데 그렇게 다친 몸으로 어떻게 널 옮겼는지 알 수 없는 일이야. 어쨌든 너를 눕혀놓고 맥박을 재봤더니 심장박동도 없고 흉곽의 움직임도 없었다고 하시더라.”

엄마가 그의 얼굴에 손을 얹었다.

“루크, 넌 이 세상을 떠났었어. 이 세상을 떠났었다고. 잠시 동안 말이야.”

엄마가 손으로 눈가를 훔쳤다.

“로저 씨가 그곳에 안 계셨다면, 그리고 어떻게 해야 할지 모르셨다면 넌 살지 못했을 거야. 로저 씨가 인공호흡을 하고 흉부도 세게 눌러줬어. 손목이 부러졌는데 얼마나 고통스러웠겠니. 한 번이 아니라 계속 반복했지. 그렇게 하면서도 네가 살아나지 않을까 봐 두려웠다고 하시더라. 그런데 감사하게도 네가 살아난 거야."

엄마는 손수건을 꺼내 다시 눈가를 닦았다. 루크가 손을 뻗어 엄마의 손을 잡았다. 그리고 울 듯한 얼굴로 말했다.

"엄마, 미안해. 내가 이제 잘할게. 내가……."

"괜찮아, 루크. 괜찮아. 이제 다 괜찮을 거야."

"내가 잘할게요."

"우리 둘 다 잘해야지. 이건 누구를 탓할 수 없는 일이야."

엄마가 코를 풀었다.

"누구를…… 탓할 수 없는 일이지."

두 사람은 마음을 가라앉힐 시간이 잠시 필요하다는 듯 침묵했다. 그러다가 엄마가 다시 입을 열었다.

"한 가지 이상한 게 있어. 마을을 나와 이곳으로 차를 몰고 있는데. 뭐, 미친 듯이 달렸다고 봐야지. 그런데 길에서 바비 스피드웰을 우연히 봤지 뭐니. 어쩌다가 사이드미러를 봤는데 그 녀석이 미친 듯이 손을 흔들면서 내 차 뒤로 달려오더구나. 그래서 차를 멈췄어. 병원에 오는 일이 너무 절박해서 그냥 가려고 했는데 그 녀석도 나만큼 절박해 보였거든. 세워 보니까 녀석이 숨을 헐떡이면서 기침을 하고 눈이 붓도록 울어서 상태가 말이 아니었는데 왜 그런지 도통 알 수가 있어야지. 처음에는 무슨 말인지 도무지 못 알아듣게 횡설수설하더니 결국엔 그 녀석들이 네게 한 짓을 무심코 내뱉더라고. 그 얘길 듣고 내 기분이 어땠겠니. 아, 루크…….”

엄마는 아들의 손을 꽉 잡았다.

“지금은 네가 무사해서 감사할 뿐이야. 그런데 견딜 수가 없단다. 그 생각만 하면…….”

“난 괜찮아, 엄마.”

“그 녀석들이 네게 한 짓을 생각하면…… 그러니까…… 그러니까.”

“괜찮아, 엄마. 난 지금 괜찮아. 정말이야. 아까 스피드 얘기나 좀 더 해줘.”

“아, 그 녀석.”

엄마는 다시 마음을 가다듬고 말을 이었다.

“다른 두 녀석이 불을 내기 전에 도망쳐 나왔다고 하더구나. 자기는 그런 짓이 내키지 않더래. 그 녀석들은 이틀 동안 그 일을 계획했다고 하더구나. 타이어와 디젤유를 포함한 모든 것을 오크 고목 가까운 곳에 숨겨놓고 네가 나무에 올라가면 곧바로 불을 지르려고 했었대.”

엄마가 머리를 흔들며 말했다.

“그런 짓을 할 생각을 했다는 게 난 믿기지 않는구나.”

"스피드는 그렇게 도망친 다음 뭘 했대?"

"우리 집으로 달려와서 벨을 눌렀다는데 당연히 나는 집에 없었지."

"그래서요?"

"마을 여기저기를 뛰어다니면서 나를 찾았다고 하더라. 경찰에 연락하거나 자기 엄마나 다른 사람한테는 말할 엄두도 안 났고 그럴 만큼 침착할 수도 없었던 모양이야. 하긴 그 녀석한테 그걸 기대하는 것도 무리지만. 그런데 그 녀석에 대한 내 생각이 예전보다는 조금 좋아졌어. 어쨌든 그 다음에 그 녀석을 길에 남겨두고 이렇게 여기로 온 거야."

루크는 창가로 고개를 돌려 천천히 심호흡을 했다. 스피드는 양심 때문에 갈등했던 거였다. 그건 그다지 놀라운 일이 아니었다. 그렇지만 다른 두 녀석은 일말의 자책은커녕 자신을 죽이지 못해 아마 실망했을 것이다. 루크는 그 녀석들이 경찰에 뭐라고 말했는지 궁금했고 또 자신은 뭐라고 말해야 할지 생각해보았다. 곧 있으면 이런저런 질문을 받을 텐데 말해야 할 부분도 있고 어쩌면 숨겨야 할 부분도 있으리라. 그는 리틀 부인에 대한 질문을 받으면 어떻게 말해야 할지 고민이 됐다. 엄마가 다시 손을 꽉 잡는 느낌이 들어 고개를 돌려 엄마를 쳐다봤다.

"다 괜찮아질 거야. 너한테는 시간이 좀 필요할 뿐이야. 엄마가 미란다한테 전화해서 너한테 일어난 일을 얘기하고 하딩 선생님한테는 네가 연주회에 참여하지 못한다고 알릴게."

"안 돼!"

루크는 자신의 거센 반응에 스스로도 조금 놀랐다.

엄마가 그를 물끄러미 쳐다봤다.

"뭐가 안 된다는 거니? 미란다 말이니 연주회 말이니?"

"연주회 말이야. 그러니까 내 말은, 연주회에 참여하고 싶어."

"루크, 연주회는 얼마 안 남았어. 네 몸 상태가 안 좋잖아."

"연주하고 싶어. 괜찮을 거야. 그리고 미란다한테 피아노 반주를 해주겠다고 약속했던 말이야."

그가 단호하게 말했다.

"그건 다른 사람이 해도 되잖아. 멜라니든 사만다든 다른 사람이 하면 되잖아."

"하지만 내가 꼭 하고 싶어."

"그 부상하고 상처는 어떡하고? 네 오른손을 좀 봐!"

"괜찮아요. 손가락은 움직일 수 있어."

"그 화상은 또 어쩌고?"

"연주를 그만둘 정도로 심하진 않아."

"아직 피아노를 쳐보지도 않았잖니."

"괜찮을 거야. 손 말고 다른 곳도 괜찮을 거고. 그냥 아주 조금 아플 뿐인걸."

엄마는 눈살을 찌푸렸다.

"네가 연주를 할 수 있을지 난 모르겠다. 넌 할 수 있다고 생각하지만 막상 그때가 되면 너무 피곤하거나 몸이 안 좋아 연주할 마음이 가실지도 몰라. 그렇더라도 너 자신에게 실망하지 말거라. 있잖아, 엄마가 하딩 선생님한테 네가 연주를 못할 수도 있으니까 대비하라고 말씀드릴게. 그때 가서 네가 연주를 할 수 있다면 뜻밖의 선물처럼 여기실 거 아니니."

"문제 없어. 연주회에 참여할 수 있을 거야."

"두고 보자꾸나."

"괜찮을 거야."

엄마는 고개를 저었지만 미소는 잃지 않았다.

"그렇게 고집을 부리는 것까지는 좋아."

상체를 앞으로 굽히며 엄마가 말을 이었다.

"하지만 미란다한테 전화하는 일에 대해선 뭐라고 하면 안 된다, 알았지?"

"그럼."

엄마는 전화를 집어 들고는 심술궂은 표정을 지으며 말했다.

"이제야 이것을 너한테서 되찾았으니 곧장 미란다한테 전화해야지."

"아, 안 돼."

"무슨 말이니?"

"병원에서는 휴대전화를 쓰면 안 되잖아. 의료장비 작동에 방

해가 되니까."

"참, 그렇지. 깜빡했구나."

엄마가 미간에 힘을 주며 휴대전화를 내려놓았다.

"그런데 여기에 환자전용 전화가 있지 않니?"

"있어. 간호사한테 갖다 달라고만 하면 돼."

"그래, 가서 말할게."

엄마는 자리에서 일어나 문 쪽으로 몸을 돌렸다. 그러나 루크
가 다시 엄마 손을 붙잡았다.

"엄마?"

엄마가 멈춰 서서 그를 돌아보았다.

"아들아, 왜?"

그는 엄마의 얼굴을 잠시 살피다가 말했다.

"로저 아저씨랑 결혼할 거죠?"

30

사흘이 지나고, 루크는 집으로 돌아왔다. 엄마가 차를 차고에 넣는 동안 그는 현관으로 들어가 멈추어 섰다. 왠지 수년 동안 집을 떠나 있었던 것처럼 느껴졌다. 주변을 죽 둘러본 그는 마음이 약해지는 기분과 더불어 묘하게 평온한 기분을 느꼈는데 어떻게 이런 두 감정이 공존할 수 있는지 스스로도 알 수 없었다. 그가 아는 것은 모든 것이 이전과 다르게 느껴진다는 사실이었다. 불이 나서 충격을 받고 나무에서 떨어진 일 외에도 분명 무언가가 일어났다. 그를 변화시킨 어떤 일인가. 그는 자신의 직감이 맞았음을 깨달았다. 그는 몇 년 동안 현실에서 도망쳐 있었던 것이다.

2년 동안이었다. 아니 정확히 말해 2년 1개월 하고도 6일 동안이었다. 현실에서 도망쳐 나와 죽음에만 초점을 맞추고 하루하루, 매시간, 매분을 살았던 것이다. 이제 움직여야 했다. 현실 속으로 발을 내디딜 때다. 더욱이 아빠는 여전히 그와 함께 있지 않은가. 사실 루크는 아빠가 항상, 지금 이 순간에도 가까이 있음을 느꼈다. 두 눈을 감고 고요한 집 안에 대고 속삭였다.

"아빠를 느낄 수 있어요. 보이진 않지만 느낄 수 있어요."

현관에서 딸깍, 하는 소리가 나서 돌아보니 엄마가 거기에 서 있었다. 그는 걸어가서 엄마를 꼭 안았다. 엄마가 만족스럽게 웃었다.

"이건 너무 과분한데."

"응? 뭐가?"

"네가 지난 며칠 동안 안아준 횟수가 보통 한 달 동안 안아준 횟수보다 많잖아."

"그래서 지금 싫다는 거야?"

"그렇게 들리니?"

두 사람은 함께 웃었다.

"참 아직 말을 안 했구나. 오늘 저녁에 손님 두 명을 초대했어. 조금 성급한 일일 수도 있지만 말이야. 네가 아직 준비가 안 됐을 수도 있고. 그러니까 네가 너무 피곤하면 말해. 엄마는 언제든지……."

루크가 엄마를 바라봤다.

"엄마, 난 괜찮아. 계속 말했잖아. 오늘 저녁에 사람들 만나는 것도 괜찮고 내일 저녁에 연주하는 것도 괜찮아."

"음, 엄마는 연주회 일은 아직 확신을 못 하겠어."

"정말 하고 싶어. 나한테는 중요한 일이야."

"미란다한테 중요한 일인 것만큼은 분명하지. 미란다는 연주
회 때문에 몹시 긴장해 있지? 널 말릴 순 없지만 이건 약속해줘.
만약 네가 갑자기 내키지 않으면 꼭 말해준다고. 연주회 직전까
지는 언제든지 말해도 돼. 모두가 다 이해해줄 거야."

"그런 일 없을 거야. 괜찮을 테니까."

루크는 사실 몹시 지쳐 있었다. 휴식을 더 취해야 완전히 기운
을 차릴 수 있다는 것도 알았다. 하지만 연주회에도 참석해야 했
다. 비단 미란다뿐만 아니라 자신을 위해서. 해야 할 말이 있는
것만 같았다. 그게 무엇인지는 스스로도 잘 몰랐지만 음악이야말
로 그 모든 것을 표현할 수 있는 유일한 방법이었다. 그는 최대한
밝은 목소리로 말했다.

"그런데 누가 오는 건데? 아니, 잠깐만. 내가 맞춰 볼게. 로저
아저씨하고 미란다?"

"맞아. 미란다는 혹시 네가 연습할 수 있을지도 모르니까 플루
트를 가지고 좀 일찍 온다고 했어. 하지만 루크, 네가 준비가 안
돼 있다면……."

루크가 손가락을 엄마 입에 갖다댔다.

"엄마, 이제 걱정 좀 그만하시죠?"

"글쎄."

엄마가 미소 지으며 그에게 입을 맞췄다.

"노력은 해볼게. 약속해."

미란다는 일곱 시 직전에 도착했다. 한 손에는 플루트를 다른 한 손에는 붉은색 모란 한 다발을 들고서. 루크는 미란다의 미소에 자기도 미소로 화답하며 왠지 약간 어색한 기분을 느꼈다. 하지만 미란다를 보니 어쨌든 기분은 좋았다. 엄마가 부엌에서 나왔다.

"미란다! 벨소리를 들은 것 같았는데 오븐 안을 들여다보느라고 긴가민가했지 뭐니."

"간절하게 기다리지 않으셨나 보죠?"

엄마가 웃음을 터뜨렸다.

"그렇지 않아. 어머, 어쩌면 꽃이 이렇게 예쁘니?"

"아줌마 드리려고 뜰에서 따왔어요."

"마음도 참 예쁘구나. 가서 꽃병을 가져와야겠네. 뭐 한잔 마실래? 오렌지주스를 좀 만들었거든."

"좋죠. 고맙습니다."

"가서 가져올게. 너희 둘은 들어가 있으렴."

루크는 미란다를 음악실로 데려가 문을 닫았다. 미란다가 방한가운데로 걸어 들어가 작곡가들의 흉상과 악보가 촘촘히 꽂혀

있는 선반과 피아노와 오래된 하프를 둘러봤다

"난 이 방이 좋아. 곳곳에 네 아빠의 개성이 묻어 있어. 그리고 네 개성도."

"난 아니야. 아빠의 개성은 묻어 있지."

"아냐, 네 개성도 분명히 느껴져."

미란다가 고갯짓으로 오래된 하프를 가리켰다.

"네 아빠가 저걸 연주하셨니?"

"아니 그렇진 않아. 골동품 상점에서 저걸 보시고는 애처롭게 보여서 사셨대. 가끔씩 퉁기기만 했을 뿐 항상 끼고 살지는 않으셨어."

"그럼 다른 사람도 연주하지 않았고?"

"응. 좀 아깝긴 하지. 아주 오래되긴 했지만 음색은 아직 좋거든. 팔아야겠지만 저 자리에 놓여 있는 게 좋아서. 뭐, 연주는 전혀 하지 않더라도 말이지."

엄마가 들어와 오렌지주스를 피아노 위에 얹어놓고 방을 다시 나갔다. 미란다는 문이 닫히기를 기다렸다가 루크를 살폈다.

"괜찮니?"

"그럼, 괜찮지."

"몹시 피곤해 보여."

"아니, 난 괜찮아. 정말이야."

"연주회에서 연주하는 것도 괜찮겠어? 그러니까 난 정말로 이해할 수 있어. 네가……."

"미란다, 잘 들어. 난 괜찮아. 알겠니?"

루크가 미소를 지으며 말을 이었다.

"너 하는 소리가 점점 우리 엄마를 닮아가는 것 같아."

"이렇게 고마울 수가! 난 아줌마가 정말 좋거든. 영광인데?"

미란다가 그를 피아노 쪽으로 밀어 의자에 앉혔다.

"자, 그러면 연습을 해보자."

그러고는 플루트를 올렸다가 갑자기 다시 내려놓았다.

"어머, 야단났네!"

"왜 그래?"

"악보를 하나도 안 가져왔어. 네가 볼 악보가 없어."

"괜찮아. 기억할 수 있어."

미란다는 찡그린 얼굴로 말했다.

"아, 미안. 네가 천재라는 사실을 잠깐 깜빡했어."

미란다가 플루트를 다시 들어 올리며 말했다.

"자, 그럼 시작해볼까."

"잠깐만. 악보를 하나도 가져오지 않았다면 너는 네 부분을 다 익혔다는 뜻이니?"

"그렇게 놀라지 마."

"놀라진 않았어."

"아냐, 분명히 놀랐어."

"아니야. 전혀 놀라지 않았어."

미란다가 갑자기 얼굴을 돌렸다.

"루크?"

"응?"

"나 정말 열심히 연습했어."

"나도 알아."

"연주회에서 널 실망시키고 싶지 않아."

"그런 일 없을 거야."

"그리고 나 자신도 실망시키고 싶지 않고."

"그런 일 없을 거야. 넌 잘할 거야. 자, 이제 해보자."

두 사람이 연주를 시작했다. 얼마 지나지 않아 루크는 미란다의 말이 맞았음을 곧바로 알아챘다. 미란다는 정말로 열심히 연습했다. 〈정령들의 춤〉을 처음부터 끝까지 한 번도 멈추지 않고 매끄럽게 연주했다. 이후에 긴 침묵이 이어졌는데 두 사람 모두 쉽게 입을 열지 않았다. 그러다가 미란다가 어깨를 으쓱하며 물었다.

"내가 중간에 너무 빠르게 연주했나?"

"아니."

"그러면…….'"

루크가 피아노에서 고개를 돌려 미란다를 올려다봤다.

"미란다. 아주 잘했어."

"나 듣기 좋으라고 하는 소리구나."

"그냥 하는 말이 아니라 진담이야. 연주도 아주 훌륭하고 플루트 음색도 아주 좋아."

미란다가 루크를 쳐다봤다.

"고마워. 네가 하는 말은 의미가 아주 커. 하딩 선생님도 그렇게 말씀하셨으니까 네가 그냥 한 말은 아니겠지."

그가 웃음을 터뜨렸다.

"이제 칭찬을 있는 그대로 받아들이는 법을 배우려는 모양이구나?"

미란다가 미소를 지으며 말했다.

"그럴 수도 있고. 그런데 다시 한번 연습하는 게 좋을까? 그러니까 한 번 더 확인 차……."

"아니. 그럴 필요 없어. 그냥 여기서 연주한 걸 기억했다가 내일 그대로 하면 돼. 뭐, 오늘과 똑같지는 않겠지만 잘할 거야. 어쩌면 오늘보다 더 잘할 수도 있고."

"연주할 때 손 아팠니?"

"응? 화상 말하는 거야?"

"응."

"처음에 손가락을 뻗을 때는 좀 아팠는데 계속 치다 보니 많이 괜찮아졌어. 그리고 나중에는 통증을 아예 잊어버렸어. 괜찮아."

미란다가 플루트를 피아노 위에 올려놓고 오렌지주스를 한 모금 마시더니 말했다.

"그 여자애 이야기 섬뜩하지 않니?"

루크는 미란다가 언제 발리에 대한 얘기를 꺼낼까 궁금하던 차였다. 발리 이야기가 뉴스에 나오는 통에 주변에서도 온통 화제였다. 루크의 이야기도 짧게 보도됐지만 발리 사고는 모든 신문과 뉴스에 크게 보도되었다. 정신장애가 있는 소녀가 2년 동안 실종되었다가 숲에서 극적으로 발견되었다는 내용으로. 어떤 기사는 〈실종과 발견〉이라는 제목으로, 또 다른 기사는 〈숲속의 소녀〉라는 제목으로 발리 이야기를 다뤘다. 어떤 전문가는 라디오 방송에 나와서 발리를 '퍼디타Perdita(라틴어계 말로 '길을 잃은'이라는 뜻이 있으며 셰익스피어의 『겨울 이야기』에 나오는 여주인공 이름이다_옮긴이)'라고 지칭했다. 로버츠 부부에게 전화를 걸어 발리가 있던 장소로 안내한 익명의 젊은 여자가 누구인지에 대한 추측도 난무했다. 그 얘기를 듣고 루크는 속으로 웃었다. 각종 매체에서 자신은 익명의 젊은 여자로 소개됐다. 어쨌든 이름만 드러나지 않으면 상관없었다. 그는 로버츠 부부가 자기를 추적할지도 모른다고 생각했지, 이런 식으로 자신을 감추리라고는 예상하지 못했다. 어쨌든 그들에게 고마운 마음이 들었다. 어쩌면 그 부부는 루크가 정말로 발리의 친구였다는 사실을 믿게 되었는지도 모른다. 루크는 한참 생각에 빠졌다가 미란다의 질문이 떠올라 대답했다.

"그래, 섬뜩한 이야기지."

"그런데 말이야, 그 애가 숲에 있던 시간에 너도 숲에서 끔찍한 일을 당하고 있었다는 걸 생각하면 좀 오싹하지 않니? 넌 그때 아무것도 못 봤어?"

"응."

"그 애가 브램블베리 끝 쪽에서 발견되었고 너는 그 맞은편에 있었으니까 아마 못 봤겠구나. 그래도 참 기묘하긴 해."

"맞아."

현관에서 벨소리가 들렸다. 그리고 잠시 후 엄마의 목소리가 크게 들렸다.

"루크? 네가 좀 나가볼래? 내가 지금 몹시 바쁘거든!"

"알겠어요!"

루크가 소리쳐 대답했다.

그는 미란다와 함께 나가 현관문을 열었다. 거기 로저 씨가 서 있었다. 그는 오른팔에는 석고붕대를 하고 왼손에는 모란 한 다발을 들고 있었다. 미란다가 그 모습을 보고 상큼하게 웃었다.

"예쁜 꽃이네요."

그렇게 말하고는 로저 씨에게 다가가 볼에 입을 맞췄다.

"제가 들어드릴까요?"

"그래, 고맙다."

"그리고 그 붕대에 사인해도 되나요?"

"살살만 한다면야."

"살살 쓸게요."

오븐장갑을 끼고 나온 엄마가 로저 씨를 보며 말했다.

"마침 잘 오셨네요. 오 분 후면 준비가 다 되거든요."

"로저 아저씨가 꽃을 가져오셨어요. 보세요."

미란다가 이렇게 말하며 모란을 들어 올렸다.

"와……"

엄마와 미란다가 가벼운 미소를 주고받았다.

"마음에 드시면 좋겠네요. 뜰에서 뽑아왔어요."

엄마가 재빨리 대답했다.

"마음에 들고말고요. 아주 예쁘네요. 고마워요."

엄마는 로저 씨에게 입을 맞추고 미란다한테서 꽃을 받아든 후 부엌 쪽으로 걸어가며 말했다.

"저는 좀 가볼게요. 하던 걸 마무리해야 하거든요. 루크, 로저 씨한테 맥주 좀 갖다 드릴래?"

"네."

루크는 맥주를 가져와 잔에 부은 다음 로저 씨와 미란다가 얘기를 나누며 서 있는 마루까지 잰 걸음으로 갔다.

로저 씨가 잔을 받으며 말했다.

"고맙다. 좀 어떠니?"

루크가 하품을 하며 대답했다.

"괜찮아요. 그런데 지난 3일 동안 잠만 잔 것 같아요."

"그래, 그렇게 자둬야지. 널 그렇게 오래 입원시킨 건 잘한 일이야. 병원에선 친절하게 잘해줬고?"

루크가 다시 하품을 했다.

"네. 아저씨는 어떠세요? 좀 괜찮으세요?"

"잉글랜드 럭비 팀 전원한테 밟힌 것처럼 아프지만 그것과는 별개로 기분은 좋아."

"용기가 대단하세요. 루크가 떨어질 때 받으시려 했다니."

미란다가 말했다.

"아니, 그렇지 않아. 내가 좀 어리석어서 못 피한 것뿐이야. 루크가 그렇게 무거운지 몰랐어."

미란다는 웃음을 터뜨리다가 이내 진지한 목소리로 말했다.

"아저씨?"

"응?"

로저 씨가 맥주를 홀짝이며 말했다.

"루크의 나무가 정말 죽을까요?"

"그건 내 나무가 아니야."

루크가 말했다.

"난 항상 네 나무라고 생각했는데."

미란다가 말했다.

"나도 그래."

로저 씨는 루크에게 미소를 지어 보이고 미란다를 쳐다보며 말했다.

"안타깝지만 살아나지 못할 것 같아. 소방관들이 최대한 빨리 불길을 잡는다고 최선을 다하긴 했지만 말이야. 타이어가 디젤유에 타고 있는 데다 그곳이 들어가기 무척 힘든 지점이었다는 걸 감안하면 얼마나 힘들었겠니. 문제는 나무껍질 상당 부분이 특히, 그 녀석들이 타이어를 쌓아둔 지점이 타버렸다는 거야. 나무 껍질이 나무를 보호하는 건데 말이야. 그래서 이 나무가 살아날지는 모르겠어. 뭐 그럴 수도 있겠지만 솔직히 말해서 가망은 없는 것 같아. 정말 안타까워."

루크는 오크를, 자신의 친구인 그 아름다운 나무를 생각하고 입술을 지그시 깨물었다. 나무가 죽는다니 정말 끔찍하다. 누구라도 화제를 좀 바꿔줬으면 좋겠다고 생각하는데 다행히 로저 씨가 말을 꺼냈다.

"루크, 진작 물어보려고 했는데, 숲에서 일어난 일에 대해 너한테 물어본 사람이 있니?"

"네? 기자들 말인가요?"

"아니, 기자들 말고. 네가 그 사람들한테 시달리면 안 되지. 그 사람들은 지금 이 단계에서 말을 많이 할 수 없을뿐더러 열네 살 청소년들만 이 사건에 연루되어 있기 때문에 누구의 이름도 언급할 수 없어. 이 사건이 법원까지 가면 상황이 어떻게 변할지 모르지만 아마 널 가만히 내버려둘 거야. 내 말은 기자들 말고 경찰 말이야. 그들이 뭐 안 물어봤니?"

"네, 좀 많이요. 병원으로 찾아와서 이런저런 질문을 많이 했어요. 한참 동안이요. 하긴 제가 워낙 피곤해서 그렇게 느낀 건지도 몰라요. 그리고 경위가 집으로도 전화했어요."

"그때가 언제니?"

"한 시간 전쯤에요."

"왜 한 거니? 더 물어볼 게 있어서?"

"아뇨, 제가 괜찮은지 확인하려고 걸었대요."

"그랬구나."

"엄마는 그것도 일반적인 조사과정이라고 말씀하시던데요."

"그렇구나."

"네. 경찰이 아저씨한테도 전화했어요?"

"짧게 했어. 하지만 중요한 사람은 내가 아니라 너니까. 그래서 경찰들이 너한테 그렇게 많은 시간을 쏟는 거야. 어쨌든 통화는 잘 했니?"

루크는 경찰과의 통화를 떠올렸다. 자신이 했던 말과 하지 않은 말을 떠올리면서 로저 씨에게 할 말을 신중하게 골랐다.

"잘 했어요. 스킨과 다즈와의 갈등이 점점 쌓여서 극도로 악화됐다고 말했어요. 2년 동안 그 녀석들과 어울렸는데 점점 나쁜 영향을 받고 있다는 걸 깨달았고 그 녀석들한테서 벗어나려고 했다고요. 그때부터 녀석들이 괴롭히기 시작했는데 갈수록 더 고약해졌고, 그러다가 결국에 저를 곤경에 빠뜨리기로 결심한 거라고 말했어요."

로저 씨가 루크를 가만히 응시했다.

"곤경이라고? 넌 그런 일을 곤경이라고 말하니? 스킨은 널 죽이려고 했어. 그걸 알기나 하는 거야?"

"알아요."

"경찰한테도 그렇게 말했겠지."

"네, 그랬어요."

"그건 순진한 장난이 아니었어. 그 녀석은 불 위에 타이어를 얹고 디젤유를 끼얹었어. 그게 무슨 짓인지 뻔히 알면서. 예전에 너한테 했던 짓들은 어떨지 몰라도 그건 살인미수였어. 그래서 그 녀석이 구속돼 있는 거야. 넌 그 녀석한테 불리한 증언을 해야 한단다."

"알아요. 그렇게 하라고 들었어요."

루크는 리틀 부인을 생각했다. 리틀 부인이나 그랜지나 발리에 대해서는 아무에게도 말하지 않았지만, 말해야 할지 말아야 할지 여전히 결정을 내리지 못했다. 부인이 잘못했다는 건 알았지만 발리와 함께 살았던 부인의 삶에 대해서 그는 아는 것이 별로 없었다. 어떻게 해야 할지 결정하기 전에 우선은 리틀 부인과 얘기를 해봐야 했다. 게다가 스킨 패거리가 경찰서에서 뭘 어떻게 말하는지에 따라 그가 할 말도 달라질 터였다.

"다즈는 어떻게 됐어요?"

미란다가 물었다.

"스킨하고 똑같이 구속돼 있어. 당연한 일이야. 두 녀석은 어떤 처사를 받아도 마땅해. 폭행과 살인미수라니. 너무 끔찍하구나. 스킨은 그 일을 선동했으니까 더 무거운 형량을 받을 거야. 그리고 다즈보다 전과도 더 많은 것 같더구나."

"훨씬 많죠."

루크가 말했다.

"스피드는요?"

미란다가 물었다.

"그 녀석은 어떻게 될지 잘 모르겠어. 예측하기가 쉽지 않아. 그렇게 심한 처벌을 받지는 않을 것 같아. 도망쳐 나와서 자기 나름대로는 도움을 주려고 했으니까. 법원에서 어떻게 결정이 나는지 지켜봐야지."

루크는 그 노파를 다시 생각했다. 슬픔과 앞으로 일어날 일에 대한 두려움을 느끼며 집에 틀어박혀 있을 노파를. 노파도 분명 그 뉴스를 들었을 것이다. 그리고 루크가 경찰에 어떤 말을 했는지 몰라 노심초사하고 있을 것이다. 그는 짧은 시간이나마 활기 넘쳤다가 이제는 다시 적막해졌을, 큰 그랜드피아노가 있던 그 거실을 떠올렸다. 그때 미란다가 다시 말을 꺼냈다.

"아저씨?"

"왜?"

"붕대에 사인해도 돼요?"

"물론. 하지만 아까 한 말 기억하고 있지?"

"살살 쓸게요. 펜 있어요?"

"아니, 없는데."

"여기 있어."

루크가 전화기 받침대에서 펜을 가져와 건네주었다. 미란다는 한 손으로 로저 씨의 팔을 받치고 다른 손으로 글씨를 쓰기 시작했다. 루크는 미란다의 어깨 너머로 보이는 글자를 읽었다.

로저 아저씨, 빨리 나으세요.
저희한테 조각을 더 많이 만들어주셔야죠!

사랑을 담아, 미란다

미란다가 루크에게 펜을 건네주었다.

"네 차례야."

루크는 펜을 건네받은 다음 무엇을 쓸까 생각했다. 하고 싶은 말은 아주 많았지만 결국엔 한 단어만 떠올랐다. 그래서 그 단어를 세 번 썼다.

고맙고, 고맙고 또 고마워요.

루크

로저 씨가 그 글을 내려다봤다.

"고맙다는 말을 한 번만 더 들으면 네가 날 좋아하게 됐다고
걱정하게 생겼는걸."

"아마 그런 일은 없을 걸요."

루크가 말했다.

"아, 안심이 되는군."

세 사람은 함께 환하게 웃으며 저녁 식사를 하러 갔다.

31

다음 날. 오전 열한 시인데도 그랜지의 커튼은 아직 쳐져 있었다. 루크는 불안한 마음으로 대문 밖에 서 있었다. 오늘 밤 연주회를 위해 집에서 연습을 해야 했지만 우선은 이 일을 해결해야 했다. 피할 수 없는 일이었다. 하지만 커튼이 쳐진 광경을 보니 마음이 영 내키지 않았다. 그 커튼 때문에 그 집이 더 가까이하기 어려운 곳처럼 보였다. 그런데 왜 이 시간까지 커튼이 쳐져 있는 걸까? 그는 리틀 부인을 생각했다. 부인의 외로움과 불행을 생각했고 부인이 느낄 두려움을 생각했다. 커튼을 다시 한번 쳐다보고는 재빨리 문으로 걸어가 벨을 눌렀다.

응답이 없었다. 2분쯤 더 기다리다가 다시 벨을 눌렀다. 그래도 응답이 없었다. 세 번째로 벨을 눌렀는데 역시 응답이 없었다.

집 안에서는 아무 소리도 들리지 않았다. 어쩌면 집에 아무도 없는지도 몰랐지만 체포될까 봐 두려워서 어딘가에 숨어 있을지도 몰랐다. 그는 집 뒤쪽으로 걸어가 위를 올려다봤다. 서재 창문과 리틀 부인의 침실 창문 하나가 열려 있었다. 부인은 집에 있는 것 같았다. 그런데 왜 모든 커튼을 쳐놨을까?

불안감이 스멀스멀 피어올랐다. 거실로 가까이 다가가 커튼 틈을 살폈다. 아주 좁은 틈이었지만 그 정도면 충분했다. 안을 들여다본 그는 깜짝 놀라고 말았다. 리틀 부인이 방 저쪽 편을 향한 채 의자에 앉아 있었다. 그가 있는 자리에서는 의자 위로 드러난 부인의 뒷머리만 보였는데, 부인 옆에 놓인 작은 탁자 위에 물 컵이 놓여 있었고 알약병이 한쪽으로 누워 있었다.

더럭 겁이 났다. 도대체 무슨 짓을 한 거지? 창문을 톡톡 두드렸다. 부인은 움직이지 않았다. 창문을 더 크게 두드렸지만 부인은 미동도 하지 않았다. 그는 밀려드는 공포감을 느끼며 최대한 큰 소리가 나도록 창문을 쾅쾅 치며 소리를 질렀다.

"할머니!"

대답도 없고 움직임도 없었다.

루크는 미친 듯이 주변을 둘러봤다. 어떻게 해야 하나. 전화를 걸어 도움을 요청하고 구급차를 불러야 했다. 그런데 그에게는 휴대전화가 없었다. 서재 창문을 다시 올려다봤다. 전에도 해본 일이니까 다시 할 수 있을 거다. 기어올라 안으로 들어가면 전화를 사용할 수 있을 것이다. 그는 배수관을 타고 올라가 창문 안으로 넘어들었다. 그리고 곧장 계단참으로 달려갔고 뒤이어 계단을 후다닥 내려가 거실로 향했다.

그런데 리틀 부인이 루크 앞에 오도카니 서 있었다. 그 모습에 깜짝 놀란 그가 숨을 거칠게 몰아쉬며 멈추어 섰다. 부인의 눈은 흐릿했고 서 있는 자세는 불안정했다. 마지막으로 봤을 때보다 10년은 더 늙어 보였다. 그리고 한눈에도 비탄에 잠겨 있다는 사실을 알 수 있었다. 부인은 너무나 익숙한 냉담한 표정으로 그를 훑어봤다.

"죽을 정도로 먹은 건 아냐. 그냥 머리가 아파서."

부인이 무미건조한 목소리로 말했다.

루크는 무슨 말을 해야 할지 몰라 부인 앞에 마냥 서 있었다. 부인은 말없이 그를 잠시 쳐다보다가 역시 한마디도 하지 않고 안락의자로 돌아가 천천히 기대 앉았다. 그는 맞은편 안락의자로 걸어가 부인의 눈을 쳐다보며 자리에 앉았다. 부인이 지친 목소리로 말했다.

"경찰이 어제 찾아왔었어. 예상했던 일이야."

루크가 재빨리 말했다.

"전 아무 얘기도 안 했어요. 발리에 대해서 말예요."

부인이 그에게서 시선을 떼지 않고 말했다.

"그건 나도 알아. 경찰은 발리 때문에 온 게 아니었어."

"뭐라고요? 아니, 뭐라고 말씀하셨어요?"

"발리 때문에 온 게 아니었다고. 그 애 이름은 언급하지도 않았어."

부인은 의자 맨 윗부분에 머리를 기댔다.

"너 때문에 날 찾아온 거야."

"저요?"

"그래."

부인이 말을 잠시 멈추었다.

"네 사건에 대해선 안타깝게 생각한다."

안타까워하는 것처럼 들리지는 않았지만 그는 아무 말도 하지 않았다. 부인은 아까처럼 기운 없는 목소리로 말했다.

"네 패거리 중 한 명이 네가 이틀 연속 내 집을 침입해서 보석함을 훔치려 했다고 말해서 찾아온 거야."

루크는 몸이 굳는 듯했다. 병원에서 진행된 면담에서나 그 이후의 전화통화에서나 그는 그랜지에 대해 아무 이야기도 하지 않았다. 경찰 역시 그랜지를 언급하지 않았다. 오늘 아침 경위가 안부전화를 했을 때도 그랜지나 리틀 부인이나 발리에 대해서는 한마디도 하지 않았다. 사실 두 사람은 주로 축구에 대한 얘기만 나눴다. 리틀 부인이 다시 입을 열었다.

"나한텐 보석함이 없다고 말했어. 다른 녀석들이 수상쩍게 집을 살피는 모습을 몇 번 목격하긴 했지만 아무도 침입하지는 않왔다고 말했지. 그리고 내가 밤잠을 잘 못 자서, 이건 사실이기도 해. 밤을 샐 때가 많기 때문에 누군가 침입했다면, 더군다나 이틀 연속으로 침입했다면 분명히 그 소리를 들었을 거라고 했어. 너를 아느냐고 묻기에 안다고 했지. 네가 가끔 우리 집에 와서 날 위해 피아노를 연주해줘서 서로 좋은 친구가 되었는데 네가 한밤중에 우리 집을 침입할 리 없다고 했어. 경찰이 잃어버린 물건이 있느냐고 물어서 없다고 말했다. 물론 거짓말이었지만. 네가 뭔가를 훔치기는 했으니까."

부인이 그를 빤히 쳐다봤다.

"네가 금속팔찌를 훔쳤지. 그리고 내 과거를 말해주는 물건들을 감히 몰래 훔쳐봤고."

"알아요. 죄송해요. 잘못한 거 알아요."

마음을 무겁고 답답하게 짓누르는 침묵이 이어졌다. 그는 양미간에 주름을 바짝 잡고 물었다.

"경찰한테 왜 말하지 않았어요?"

"너도 말하지 않았으니까. 그래, 내 죄가 네 죄보다 더 크다는 걸 안다. 훨씬 더 크지. 그리고 진실이 밝혀지면 너는 곧바로 용서받을 거야. 그뿐 아니라 이 마을 영웅으로 떠오를 거다. 그리고 난 지금보다 더 많은 욕을 얻어먹겠지. 물론 나는 욕을 얻어먹어도 당연하다고 생각하지만."

"하지만 할머니가 한 말 중에 맞는 말도 있잖아요. 제가 피아노를 연주하러 왔다는 말이요."

"그렇긴 하지."

"우리 두 사람이 친구가 되었다는 말은요?"

"너나 나나 그게 사실이 아니라는 건 알잖아."

그는 입술을 깨물며 눈길을 돌렸다.

"제가 침입하지 않았다니까 경찰은 뭐라던가요?"

"네가 그랬을 거라는 생각은 전혀 안 했다고 하더구나. 그 녀석들 중 한 명이 그랜지와 내 상자에 대해 언급한 모양인데 말을 워낙 애매하고 불분명하게 해서 그다지 진지하게 받아들이지는 않은 것 같았다. 그래도 사실 확인은 해야 해서 물은 거지. 다른 두 녀석은 아무것도 모른다고 했나 봐."

루크는 턱을 어루만지며 생각했다. 누가 무슨 말을 했는지 쉽게 짐작이 갔다. 스피드가 그 특유의 두서없는 말투로 사실을 털어놓았을 테고 스킨과 다즈는 루크를 괴롭히고 죽이려 했던 일을 포함해서 모든 일을 전면 부인했을 것이다. 루크는 때가 되면 그들에게 불리한 증언을 해야 했다. 그리고 자신이 경찰에 말했던 내용을 그대로 밀고 나가야 했다. 하지만 리틀 부인에 대해 말을 해야 할지 말아야 할지는 아직도 결정하지 못했다. 부인은 분명 잘못을 저질렀지만 왠지 범죄자로 보이지는 않았다. 부인이 발리를 어떻게 데려왔는지는 모르겠지만 그 아이를 아주 많이 사랑했고 그 아이 역시 부인을 사랑했다. 더욱이 그가 알기로 부

210

인은 평생 사랑이나 우정을 거의 누려보지 못한 사람이다. 이제 발리마저 떠났으니 그런 감정과는 더욱더 멀어져버렸을 것이다. 그는 망설이다가 입을 열었다.

"경찰한테 우리가 친구라고 말해서 뿌듯한데요."

그러자 부인이 비웃듯이 말했다.

"내가 가면 그렇게 느끼지 않을걸."

루크가 깜짝 놀라며 말했다.

"가다니요? 설마……."

부인이 퉁명스럽게 말했다.

"아니, 아니야. 자살한다는 말이 아니다. 그렇게 하면 마을 사람들 대부분이 반기겠지만 말이야. 내 말은 인도로 돌아간다는 뜻이야. 그쪽에 아직 죽지 않은 연고자가 한두 명 있거든."

"꼭 가야 하나요?"

"그래."

부인이 방안을 휘 둘러봤다.

"이 집에 있는 어떤 방을 봐도 발리 생각이 나."

부인의 목소리가 다소 누그러졌다.

"빌 말고 내가 유일하게 원한 건 아이였어. 빌이 세상을 떠났을 때 난 내 삶이 끝났다고 생각했지. 시간이 흘러도 다른 누구와도 결혼하고 싶지 않았단다. 다른 누구도 사랑할 수 없다는 걸 알았으니까. 더군다나 정신이 제대로 박힌 사람이 나 같은 걸 사랑하겠어?"

"빌 아저씨는 사랑했잖아요."

부인이 날카롭게 말했다.

"빌은 다른 사람이었어! 빌은 나를 조금도 못생겼다고 생각하지 않았어. 다른 남자들은 내게 관심도 갖지 않았지. 물론 나도 그랬지만. 남자는 필요 없었지만 아이만은 간절히 원했어. 아이를 아주 많이 갖고 싶었어. 아이들도 남자들처럼 나를 좋아하지 않았지만 말이지. 하지만 발리는 내 얼굴을 볼 수 없었으니까. 내가 어떻게 생겼는지 전혀 몰랐어."

루크는 앞에 앉아 있는, 세상의 온갖 근심걱정에 시달린 부인의 얼굴을 바라봤다. 한때는 그 얼굴이 못생기고 혐오스럽다고 생각했는데 이제는 그렇지 않다는 사실을 깨달았다. 그 이유를 알 수는 없었지만. 리틀 부인이 하던 말을 이었다.

"2년 전에 발리가 여덟 살이었을 때 그 아이를 발견했어. 나는 몇 주 전에 인도에서 돌아와서 그랬는지에 들어와 있던 참이었지. 내 오빠 랄프의 장례식에 가려고 헤이스팅스로 차를 몰고 가던 중이었어. 생전에 사이좋게 지내진 않았지만 랄프 오빠는 내 마지막 혈연이었거든. 오빠는 그야말로 한량이었고 아빠가 나한테만 많은 유산을 남기고 자기한테는 조금만 남겼다며 평생 나를 미워했지. 아빠는 오빠가 1년 안에 도박으로 돈을 모두 탕진해버릴 것을 예상했기 때문에 그렇게 하셨던 거야. 어쨌든 오빠는 헤이스팅스에서 혼자 살다가 내가 인도에서 돌아온 지 얼마 안 되어 세상을 떠났다. 그때는 차가 있어서 장례식장으로 운전을 해서 갔지. 돌아오는 길에 헤이스팅스 외곽 인적 드문 길을 운전하는데 어린 여자애가 도랑에 누워 있는 모습이 보이더구나. 그래서 길가에 차를 세우고 가까이 가서 살펴봤지. 갔더니 발리가 의식을 잃고 누워 있더구나. 목숨은 겨우 붙어 있었지만 몸 한쪽이 온통 멍들고 머리에는 심한 상처를 입고 있었어. 아무래도 뺑소니 차에 치인 것 같아 보였다."

노파는 루크를 오만한 표정으로 쳐다봤다.

"전에 내가 인도에서 간호사였다고 한 말은 사실이야. 그래서 사고 희생자들을 다룬 경험이 아주 많았지."

부인은 자기 얘기 가운데 적어도 일부분이라도 루크가 믿는다는 걸 확인해야겠다는 듯 그를 쳐다보며 말을 멈추었다. 하지만 그가 아무 말도 없자 잠시 후 말을 이었다.

"인공호흡으로 발리의 의식을 가까스로 회복시키고 최선을 다해 그 아이의 몸 상태를 살폈어. 발리가 신음소리를 내기 시작했고 손발을 움직이고 몸을 꿈틀거리기 시작했지. 부러진 곳은 전혀 없는 것 같았는데 몸 상태가 말이 아니었어. 가장 가까운 공중전화를 찾아서 구급차를 불러야겠다고 생각했어. 그래서 발리를 들어 차에 태우고 길 아래로 내려갔지."

리틀 부인의 얼굴이 어두워졌다.

"그때 불현듯 어떤 생각이 든 거야. 물론 잘못된 생각이라는 건 알았지만 차를 계속 몰았어. 발리는 내 손녀도 아니었고 다친 데다 충격까지 받은 상태였지. 그때는 발리가 머리 부상으로 실명했다는 사실을 알지 못했어. 하지만 운전을 하고 가는데 그런 감정이 들기 시작했어……. 그 아이와 내가 어떤 끈으로 연결되어 있다는."

노파는 루크의 얼굴을 똑바로 볼 수 없다는 듯 눈길을 돌렸다.

"앞자리의 조수석을 뒤로 젖혀서 발리를 거기에 눕히고 운전을 하면서 그 아이를 안심시키려고 몸을 어루만져줬더니…… 그 애가 갑자기 내게 손을 뻗는 거야. 발리는 사람을 의심할 줄 몰랐어. 마치 그 애는 나를 아는 사람처럼 대했어. 그때 내 느낌은, 그러니까…… 글쎄, 그때 어떤 느낌이었는지 모르겠구나."

"그래서 어떻게 되었나요?"

부인은 간단하게 대답했다.

"집으로 데려왔어. 나도 알아. 잘못한 일이라는 거. 매우 잘못한 일이라는 거."

부인의 눈가에 눈물이 핑그르르 맺혔다. 부인은 무뚝뚝하게 눈가를 훔쳤다.

"아이를 간절히 원한다는 게 어떤 건지 너는 알지 못해. 그건…… 그건 아픔과 같아. 뭔가가 마음을 갉아먹는 느낌이랄까. 아이들을 볼 때마다 그 정도가 더 심해지지. 그런데 그렇게도 사

214

랑스럽고 사람을 잘 믿는 아이를 보니까 나도…… 나 자신도 어쩔 수가 없었어. 그래서 그 아이를 집에 데려와 팔찌를 빼버리고 나탈리라고 부르면서 내가 키우기 시작한 거야. 아이가 점점 회복되고 차츰 서로 정이 생겨서 얼마나 좋았는지 모른다. 마치 빌의 아이를 데리고 사는 기분이었어. 물론…… 빌의 아이를 가진 적은 없었지만."

"하지만 발리는 할머니의 아이가 아니었잖아요. 그 아이를 데려오지 않았어야 했어요."

"나도 안다!"

부인이 불쾌한 얼굴로 그를 쳐다봤다.

"내가 어떤 짓을 했는지 내가 모른다고 생각하니? 처음에는 얼마나 죄책감에 시달렸는지 몰라. 특히 아이의 실종이 세상에 알려지고 그 아이 부모가 뉴스에 나와 아이를 찾아달라고 애원할 때는 말도 못했어. 뉴스를 보고서야 어떤 일이 있었는지 알게 됐지. 그 아이 부모가 좀 착각을 했던 모양이야. 아빠는 엄마가 아이를 돌보고 있다고 생각했고 엄마는 아빠가 돌보고 있다고 생각했지. 그러는 사이에 발리가 길을 헤매고 다니다가 그 길까지 갔고 그러다가 자동차에 치여 쓰러진 거야. 그리고 그 모습을 내가 발견했고."

노파의 목소리가 다시 낮아졌다.

"내가 그 아이를 발견한 건 운명이었어. 운명이었다고."

루크가 고개를 저으며 말했다.

"하지만 아이를 데려온 일까지 운명은 아니었어요! 그건 분명히 잘못한 일이에요! 잘못이란 걸 할머니도 아시잖아요!"

리틀 부인의 눈가에 눈물이 글썽글썽 맺혔다.

"알아, 안다고. 발리를 부모한테 데려다줄 생각도 했어. 특히 그 애 부모가 텔레비전에 나와 울며불며 호소할 때 그랬지. 하지만 어쩌다가 몇 주가 지났고 또다시 몇 달이 지나면서 그 아이가 점점 더 좋아졌고 아이도 나를 좋아하게 됐어. 우리는 항상 함께 붙어 있었어. 함께 있어서 얼마나 좋았는지 몰라. 아이를 붙잡아주고, 달래주고, 먹여주고, 집 안을 돌아다닐 수 있게 도와주고…… 그렇게 늘 아이 곁에 있었지."

부인은 손수건을 꺼내 눈가를 가볍게 두드렸다.

"그 애는 정말 예뻤어. 사람들이 알아볼까 봐 차마 그 애를 밖으로 데리고 나가지 못했어. 사람들도 안 만났고 사람들이 우리 집으로 오는 것도 못하게 했지. 어려운 일은 아니었어. 사람들은 나를 싫어했고 이미 오랫동안 그렇게 살아왔으니까. 하지만 발리는 나를 싫어하지 않았어. 나를 좋아했지. 난 그것만으로도 충분했어."

"그래도 잘못한 건 잘못한 거예요."

루크가 중얼거렸다.

"할머니도 알고 있겠죠. 그 애 부모의 심정이 어떨지 생각 안

해봤어요?"

그 말에 부인이 루크를 노려보며 말했다.

"그들이 발리를 방치한 거야! 발리가 혼자 길을 헤매도록 방치한 거라고!"

"착각해서 그런 거잖아요."

"그래도 그들의 잘못이야! 자식을 제대로 보호하지도 못하면서 무슨 애를 키운다고 그래!"

부인은 버럭 화를 냈지만 곧바로 화를 누그러뜨렸다. 그러곤 의자에 털썩 기대 앉더니 다시 눈가를 훔쳤다.

"나도 알아, 알아, 안다고. 어찌됐든 발리를 부모한테 데려다줬어야 했어. 특히 발리가 처음으로 고통스러워하는 기미를 보였을 때 그랬어야 했어."

"고통스러워해요?"

노파는 한숨을 돌리고 말했다.

"그래. 몸의 부상이 다 낫고 나자 처음 몇 달 동안은 발리를 달래고 진정시키는 일이 수월했어. 그래서 발리가 원래 낙천적이고 사람을 잘 믿는 아이인가 보다 생각했지. 앞을 못 보고 생각을 분명하게 표현하지 못해서 굉장히 혼란스러워한다는 사실은 알고 있었지만 그럭저럭 그 아이를 달래줄 수 있었거든. 그리고 경찰 수색이 아무 효과를 못 거두자 마침내 그 실종 사건은 뉴스에서 서서히 사라졌지. 그런데 그 즈음부터 발리가 울분을 터뜨리기 시작했어. 밤새 울면서 영 그치질 않는 거야. 하지만 비명을 지르지는 않았어. 만일 그랬다면 밖에서 누군가 그 소릴 듣고 이 집에 나 말고 다른 사람이 더 있다고 추측했겠지. 발리가 비명을 지른 건 네가 피아노연주를 해준 후부터였거든. 하지만 울분을 터뜨리는 정도는 매우 심했어. 진정시킬 방법을 찾으려고 애썼지만 소용이 없었고 그 다음 해에는 상황이 더 악화됐지. 그러다가 얼마 전에 피아노 조율사가 찾아왔던 거야."

루크는 이 웅장한 악기를 가만히 쳐다봤다. 피아노 표면은 햇살을 담뿍 받고 있었다. 리틀 부인이 다시 한숨을 쉬었다.

"얼마 전에 네게 했던 얘기 중에 이 부분도 사실이야. 피아노가 발리한테 끼친 영향 말이지. 하지만 그건 네 눈으로도 확인했잖아. 피아노 조율사가 오기 전까지 발리는 피아노 소리를 한 번도 못 들어봤기 때문에 나는 피아노의 영향력이 얼마나 큰지 전에는 알지 못했어. 발리가 그때 어떻게 변했는지 난 절대 잊지 못할 거야. 조율사가 조율을 끝내고 연주를 하니까 그 자리에 얼어붙었지. 입을 멍하니 벌리고서 말이야. 아주 다른 애 같았어. 그 아이한테 원래 있던 면인데 내가 전에는 못 봤던 거지. 그런데 안좋은 점도 있었어. 조율사가 가고 나니까 발리가 음악을 되돌리겠다는 듯 피아노 건반을 탕탕 내리치기 시작했거든. 물론 자기 뜻대로 되지 않았고 그래서 더 화가 치밀었나 봐."

루크는 피아노를 계속 물끄러미 쳐다봤다. 이제 리틀 부인의 사연뿐만 아니라 그 어린 소녀의 사연도 분명하게 알게 됐다. 그리고 자신이 어떤 역할을 했는지도…….

"그러니까 저는 목적을 달성하기 위한 수단이었군요."

루크는 일부러 목소리에 묻어나는 날카로움을 감추지 않고 말했다.

"피아노 연주로 그 아이를 진정시키기 위해 저를 이용한 거군요. 발리를 이곳에 더 오래 가두어두기 위해서요."

한참 동안의 침묵을 깨고 노파가 대답했다.

"너에게 연주를 부탁했던 건, 단순히 발리만을 위해서는 아니었단다."

"그게 무슨 말이에요?"

부인은 다시 뜸을 들이다가 말했다.

"나를 위해서도 네가 연주하기를 원했던 거야."

두 사람의 눈이 마주쳤다. 부인의 두 눈에는 그의 두 눈에 담긴 분노를 가라앉히는 뭔가가 담겨 있었다. 부인은 다소 힘들게 자리에서 일어나 창가 장식장 쪽으로 발을 끌며 걸어갔다. 그러고는 해진 낱장 악보로 보이는 것을 꺼내들고 피아노 앞으로 절뚝거리며 걸어갔다.

"내가 치지도 못하면서 집에 피아노를 둔 이유가 궁금하지 않았니?"

"한 번 물어본 적이 있는데 화난 말투로 그건 제가 알 일이 아니라고 하셨잖아요."

부인은 이 말을 무시하며 말을 이었다.

"난 피아노를 전혀 못 치지만 전쟁이 끝난 후부터 피아노를 갖고 있었어. 어디에 살든 피아노를 곁에 늘 두었지. 이것처럼 근사한 피아노를 말이야. 그리고 항상 조율사를 불러 조율하게 하는 일을 잊지 않았어. 그건 존경하기 때문이었어."

"존경하다니요?"

"빌을 말이야."

부인은 악보를 악보대에 놓았다.

"빌은 훌륭한 피아니스트였어. 물론 너 정도는 아니었지만 그래도 훌륭했지. 몇 시간씩 빌이 내게 연주를 해주면 나는 가만히 앉아 연주를 들으면서 꿈을 꾸곤 했어. 빌이 연주했던 것은 그전에는 들어본 적 없는 곡이었어. 특히 한 곡은 언제 들어도 좋았더랬지. 그런데 그 곡을 60여 년 동안이나 듣지 못했어."

부인이 갑자기 그에게 몸을 돌리더니 말했다.

"지금 나를 위해 그 곡을 연주해줄래?"

"무슨 곡인데요?"

"와서 보렴."

루크는 피아노 쪽으로 가서 악보를 훑어보았다. 스크리아빈의 연습곡 작품 2-1번Etude Op. 2, No. 1이었다.

"이 곡은 모르겠는데요."

그가 악보를 죽 보면서 말했다.

"아름다운 곡이야."

부인은 잠시 흥분해서 소녀처럼 말했다.

"스크리아빈은 네 나이 때 이 곡을 썼어. 알고 있었니? 난 빌한테 그 얘길 들었어. 생각해봐. 그렇게 어린 나이에 이런 훌륭한 곡을 작곡했다니."

부인은 그가 그동안 보지 못했던, 애정이 담긴 표정으로 그를 쳐다봤다.

"네가 연주하면 딱 어울릴 거야. 훌륭한 젊은 작곡가의 곡을 연주하는 훌륭한 젊은 연주가라."

루크는 너무 당황해서 대답을 하지 못하고 시선을 돌렸다.

"그러니까 나를 위해 연주를 좀 해주련?"

"원하신다면요."

부인은 루크에게 자리를 비켜주었다. 그는 피아노 의자에 앉으려다가 그대로 멈췄다. 무언가 그의 시선을 사로잡았다. 형언할 수 없을 정도로 그의 마음을 끄는 무언가가 거기 있었다. 피아노 위 뽀얗게 앉은 먼지 위에 아직도 발리가 손가락으로 그렸던 별이 남아 있었다. 그것을 물끄러미 내려다보는 그의 마음에 강렬한 감정이 밀려들었다. 잠시 지금 자신의 연주를 기다리며 서 있는 사람이 리틀 부인이 아니라 발리가 아닌가 하는 착각이 들었다. 두 눈을 감고 감긴 눈 안의 어두운 공간을 응시하면서 금빛과 푸른빛을 배경으로 떠 있던 작고 하얀 별을 찾아보았다. 그랬더니 그동안 봐왔던 밝은 별이 오롯이 떠올랐다. 죽음을 향해 갈 때 자신을 에워쌌던 것이 바로 이 별이었던가? 발리도 그 아이만의 세계에서 이 별을 봤던 걸까? 그가 이런 생각을 할 때 리틀 부인의 목소리가 들려왔다.

"괜찮니? 눈을 감고 있네."

루크는 눈을 떴다. 그리고 자기도 모르게 벽에 걸린, 여러 가지 빛깔을 내는 큰 별 사진으로 시선을 돌렸다. 그는 몸을 돌려 부인을 쳐다보며 말했다.

"네, 괜찮아요."

그는 앞에 놓인 악보를 잠시 자세히 들여다보다가 충동적으로 말했다.

"연주해드릴게요. 기꺼이 연주해드릴게요. 그렇지만 지금 여기서 말고요."

"그러면 어디서?"

"오늘 밤 마을회관에서 열리는 연주회에서요."

"난 거기 가지 않을 거다."

그는 간절한 눈빛으로 부인을 쳐다봤다.

"왜요? 오시면 좋을 텐데요. 거기서 꼭 연주해드린다고 약속할게요."

부인의 당황하는 기색을 봤지만 루크는 생각을 굽히지 않고 말했다.

"저는 그곳에서 연주해드리고 싶어요. 연주회에서 말이에요."

부인의 당황하는 기색은 이제 노여움으로 바뀌었다.

"네가 하고 싶은 대로 하려무나. 난 가지 않을 테니까."

"제발 와주세요."

"내가 왜 가야 하는데? 마을 사람 누구도 내가 가는 걸 원치 않는데."

"제가 원해요. 우린 친구잖아요. 할머니도 아까 그렇게 말했잖아요."

"그건 경찰한테 한 얘기지. 조사한답시고 너와 날 귀찮게 못하도록 말이야."

"그래도 오셨으면 좋겠어요."

"난 안 간다니까!"

부인이 버럭 소리를 질렀다. 부인의 얼굴은 노여움으로 사납게 변했다.

"넌 생각이 없는 애니? 연주회에 가는 일이 숨 쉬는 것처럼 아주 간단한 일인 것처럼 말하는구나. 내가 밖에 나가기 싫어하는 이유를 한 번도 생각 안 해봤니?"

부인은 목소리를 낮췄지만 그것은 마치 내지를 수 없는 비명처럼 들렸다.

"나처럼 못생긴 얼굴로 사는 게 어떤 건지 한 번이라도 생각해봤어? 물론 못 해봤겠지. 그럴 수나 있었겠어? 넌 새파랗게 젊은데다 얼굴도 반반하니까. 세상이 네 발밑에 있는 것 같겠지. 친구를 사귀고 배우자를 찾는 데도 아무 문제가 없을 거야. 사람들이 고개를 돌리고 혐오감을 드러내는 걸 두 눈으로 직접 보는 게 어떤 건지 넌 모르겠지. 사람들이 험담하고 놀리는 게 어떤 건지, 보기만 해도 바로 전염되는 병이라도 되는 것처럼 무시하는 게 어떤 건지 넌 모르겠지."

"빌은 그렇게 생각하지 않았잖아요."

부인이 소리를 질렀다.

"빌은 다른 사람이었다니까! 아까 말했잖아! 빌 같은 사람은 이 세상에 없어! 지금까지도 그랬고 앞으로도 빌 같은 사람은 절대로 없을 거라고!"

부인은 얼굴을 찌푸리며 말을 중단했다가 화가 잔뜩 묻은 낮은 목소리로 말했다.

"내가 발리를 그렇게 옆에 두고 싶어했던 이유를 알아? 발리는 나를 못 봤기 때문이었어. 그 애는 아주…… 사람을 잘 믿었고 사랑스러웠고…… 낙천적이었어. 그리고 내가 얼마나 못생겼는지 전혀 알지 못했어. 만약 알았다면 나를 자기 근처에나 오게 했겠니?"

부인이 코웃음을 쳤다.

"여느 어린애들과 똑같이 반응했을 거야. 내가 손을 대기도 전에 냅다 도망쳐버렸을걸."

부인이 악보대에서 악보를 잡아채며 말했다.

"여기서 연주를 못하면 어디에 간들 할 수 있겠냐? 지금 가도 좋아!"

루크는 몸이 떨리는 것을 느꼈다. 아무래도 부인에게 큰 실수를 한 것 같았다.

"죄······ 죄송해요. 전 그냥······ 밖으로 나오시도록 용기를 주고 싶었어요. 그······ 그렇게 기분 나쁘게 하려던 게 아니었어요. 지금 연주해볼게요."

"가라니까!"

"제발요. 전 정말······."

"어서 가라고! 널 보고 싶지 않아!"

부인이 고개를 돌렸다. 부인의 입가에는 경련이 일었고 흐린 두 눈은 미동도 하지 않았다. 루크는 부인을 망연히 바라보면서 분위기를 되돌릴 방법을 열심히 생각했다.

"있잖아요······."

그가 말했다. 하지만 부인은 아무 말도 안 하고 그를 쳐다보지도 않았다. 그가 다시 말했다.

"정말 죄송해요."

부인은 이번에도 말이 없었다. 그는 잠시 생각하다가 입을 열었다.

"있잖아요, 저는…… 저는 오늘 밤 연주회에서 연주를 해요. 저희 집에 스크리아빈 연습곡 악보가 모두 있어요. 아빠가 모두 사셨거든요. 그래서……."

그가 잠시 말을 멈추었다.

"오후에 연습을 해서 오늘 밤 연주회 때 연주를 하려고 해요. 오시든 오시지 않든지 간에요. 하…… 하지만 정말로 오셨으면 좋겠어요."

"난 안 간다."

부인이 계속 시선을 돌린 채 말했다.

"그리고…… 그리고……."

"가라니까."

"그리고 제가 한 말, 정말로 죄송해요. 제가 말을 잘못했어요. 그리고…… 제가 다시 와서 연주해주기를 원하신다면…… 원하시는 어떤 곡이라도…… 기꺼이 연주해드릴게요."

눈물로 목이 멘 듯한 목소리로 부인이 말했다.

"가라니까."

루크는 죄책감을 느꼈고 스스로에게 화가 났다. 의도가 아무리 좋았다 하더라도 부인을 연주회에 오라고 부추긴 것은 어리석은 일이었다. 부인이 절대로 동의하지 않으리라는 사실을 알았어야 했다. 이제 부인과 완전히 틀어져버렸으니 어쩐단 말인가.

일이 이렇게 되는 건 원치 않았다. 두 사람의 관계가 아무리 이상하다 해도, 발리에 대한 부인의 행동이 정당치 않았다 해도, 그는 이 노파에게 묘한 연대감과 일종의 보호 본능을 느꼈다. 어쩌면 그건 부인의 과거를 잠시나마 몰래 들여다봤기 때문일지도 몰랐고 발리에게 말할 때 부인의 목소리에 담긴 부드러움 때문일지도 몰랐다. 하지만 정확한 이유는 결코 알지 못하리라. 부인은 다시 삶의 커튼을 쳐버렸다. 루크는 부인이 그 커튼을 다시 열어젖힐지 어쩔지 알 수 없었다.

루크는 한 가지 결심을 했다. 오늘 밤 연주회에서 무슨 일이 있어도 스크리아빈의 연습곡을 연주하겠다고. 내일 그랜지를 찾아가 리틀 부인에게 다시 사과하고 그 곡을 연주하게 해달라고 설득하겠다는 생각도 했다. 엄마가 로저 씨 집에 가는 바람에 혼자 집을 차지한 것에 내심 기뻐하며 오후 내내 피아노 연습에 매달렸다. 묘하게도 지금은 혼자 있다는 사실이 아주 편하게 느껴졌다. 엄마는 아들 옆에 꼭 붙어 있고 싶어했지만 그는 괜찮다며 혼자 연습하고 싶으니 로저 씨 집에 가 있으라고 고집을 부렸다. 혼자 있고 싶다는 말은 사실이었지만 몸이 괜찮다는 건 거짓말이었다. 그의 몸은 전혀 괜찮지 않았다. 몸과 마음이 매우 피곤했다. 리틀 부인과의 일 때문에 마음이 동요됐기 때문이거나 아직도 남아 있는 충격의 여파 때문일지도 몰랐다. 하지만 그는 이것이 뭔가 더 본질적인 것에서 연유한다고 직감했다. 그리고 그런 기분은 연주를 하면 할수록 점점 심해졌다. 마치 닫혀 있던 내면의 뭔가가 열리면서 오랫동안 숨겨온 그의 일부가 밖으로 터져 나오는 것만 같았다.

루크는 계속 연주를 하면서 음악에 몰두하려고 애썼다. 스크리아빈 연습곡은 아름다웠다. 전에 들어본 적은 없지만 마음에 들었다. 특히 갈망하고 간청하는 듯한 분위기가 배어 있는 첫 악구가 마음에 들었다. 그는 연주하고 또 연주했다. 매번 다르게 연주했고 연주할 때마다 그 곡이 더욱 좋아졌다. 빌이 이 곡을 연주했을 때 리틀 부인이 귀 기울여 듣는 모습을 상상해봤다. 부인은 피아노 앞에 앉은 빌 옆에 서거나 안락의자에 앉거나 바닥에 드러누워 음악에 귀를 기울였겠지. 그는 술집 밖에서 찍은 사진 속의 두 사람을 떠올려보려고 애썼다. 행복해 보이던 젊은 두 남녀를. 잠시 후 그 모습은 사라지고 상실감으로 음울하게 가라앉은 노파의 얼굴이 떠올랐다.

루크는 아까 자신이 했던 행동을 다시 생각하고 우울함과 초조함을 느끼면서 거의 끝부분에서 연주를 멈췄다. 창문 쪽을 바라보니 오후의 햇살이 환하게 창가에 내리쬐고 있었다. 창문 너머로 보이는 등나무 나뭇잎이 미풍에 흔들리고 있었다. 그는 창가로 걸어가 창문을 열고 뜰에 있는 새장을 쳐다봤다. 그러다가 왠지 아까의 음악이 상기돼서 피아노 앞으로 돌아가 연습곡의 마지막 부분을 마저 연주했다. 그러고는 침묵이 맴도는 방 안에 가만히 앉아 있었다. 왜 이렇게 마음이 불안할까? 이해가 안 됐다. 마땅히 행복감을 느껴야 하는데. 모든 일이 잘 풀리지 않았는가. 이제 크게 괴로워할 일은 없었다. 스킨과 다즈와 스피드도 더는 그를 괴롭히지 않을 터였고 엄마와의 사이도 회복됐다. 그리고 로저 씨와 얽혀 있던 감정의 끈도 모두 풀렸다. 더욱이 발리도 가족을 찾아 안전하지 않은가.

발리.

실종되었다가 발견된 소녀. 루크는 그 아이가 지금 이 순간 어디에 있는지, 무엇을 하고 무엇을 생각하고 무엇을 느끼는지 궁금했다. 과거의 일을 또렷이 기억하지 못하고 나이에 비해 정신 연령이 한참 낮은 그 아이가 눈에 보이지 않는 세상을 어떻게 이해하고 있을지 궁금했다. 숲속에서 발리를 안고 걸어갈 때 내려다본 그 아이의 얼굴을 떠올렸다. 자신을 아빠나 엄마나 오빠라고 여기는 듯 자신을 믿으며 품에 안겨 있던 발리가 요정처럼 보였다.

그는 두 눈을 감고 어둡고 혼란한 심연을 들여다봤다. 그러자 묘하게도 자신의 두 눈도 잠시 먼 것처럼 느껴졌다. 그래, 그럴지도 모르지. 어떻게 보면 나도 눈이 멀었는지도 몰라. 눈이 멀고 머리도 혼란스러운 데다 내가 어디서 왔는지 기억하지 못하고 나의 인생이 어떤 것인지 제대로 이해하지 못하는지도. 어쩌면 나도 발리처럼 남을 잘 믿는 사람이 되어, 누군가 나를 인생길의 어느 지점으로 데려다 주기를 바라야 하는지도 몰라.

"발리, 넌 지금 어디 있니? 그리고 뭘 하고 있니? 나를 기억하고는 있는 거니?"

루크는 이렇게 중얼거리고 〈꿈〉을 연주했다.

"이 곡을 기억하듯 나를 기억하고 있니?"

그는 기억 속 발리의 얼굴을 계속 떠올리며 곡을 연주했다. 그런데 근처에서 어떤 소리가 들려왔다. 연주를 멈추고 귀를 기울였다. 잠시 침묵이 흐르더니 다시 소리가 들려왔다. 그것은 속삭이는 듯한 현악기 소리였는데 그 소리가 어찌나 희미한지 들리는 게 신기할 정도였다. 소리를 더 분명하게 들으려고 귀를 쫑긋 세우다가 소리의 근원지를 불현듯 깨닫고 창가로 시선을 돌렸다.

하프였다. 아무도 연주해본 적 없는 볼품없고 오래된 하프. 그런데 그가 열어놓은 창문으로 들어오는 산들바람이 보이지 않는 손으로 그 하프를 퉁기며 연주하고 있었다. 그는 속삭이는 듯한 소리에 에워싸였다. 소리가 어찌나 은은한지 마치 자신을 어루만지는 기분이 들었다. 그는 창가를 말끄러미 쳐다봤다. 하프가 아니라 발리가 거기에 서 있기라도 하듯.

"그렇다면 음악을 통해서 말해보렴. 그럼 나도 그렇게 할게."

그는 〈꿈〉을 끝까지 연주했다. 연주가 끝나고 조용한 가운데 하프 소리가 기분 좋게 울렸다. 그러다 산들바람이 멈추자 그 소리도 함께 사라졌다. 그는 피아노 의자에 앉아 다시 고요해진 공간 속에서 귀를 기울였다.

"길을 잃었다 발견된 발리. 너나 나나 똑같아."

그는 이렇게 웅얼거리며 악보를 다시 들여다봤다.

스크리아빈의 연습곡 작품 2-1번. 자기 또래의 소년이 이 곡을 작곡했다고 생각하자 기분이 묘했다. 잠시 악보를 멀거니 쳐다보면서 이제는 고인이 된, 러시아 소년이 이 곡을 쓰는 모습을 상상해보았다. 그런데 어느새 자신이 피아노를 치고 있음을 알아차리고 스스로도 놀랐다. 그가 친 곡은 그 연습곡도, 〈꿈〉도 아니었고 다른 누군가가 작곡한 곡도 아니었다. 이전에 머릿속을 자주 맴돌던 미완성 곡, 항상 아빠의 곡조라고 생각했던 그 곡이었다. 그 곡은 어떤 향기처럼 자연스럽게 떠올랐다. 그는 곡이 전처럼 중간소절에서 멈추면 어쩌나 생각하면서 떠오르는 대로 피아노를 연주했다. 전에는 중간소절에 이르면 처음부터 다시 연주되었다. 하지만 이번에는 중간소절에 이르렀을 때, 곡이 계속 이어질 거라고 예감했다. 멜로디가 조랑조랑 열린 과일처럼 그에게 매달려 있는 것 같았다. 그러다가 과일이 갑자기 툭 떨어지는 기분이 들었다. 오래된 멜로디가 흘러나오고 새로운 멜로디가 흘러 들어왔다. 새로운 멜로디는 처음에는 뜸을 들이는 것 같더니 곧 엄청난 힘으로 흘러들어와 마침내 멈추지 않는 소리의 바다가 되었다. 그는 음악이 자신을 어디로 이끄는지, 거기에 어떤 의미가 담겨 있는지 알지 못했다. 하지만 자신의 에너지가 소모되는 동시에 마음이 진정되고 있음을 알 수 있었다. 연주는 멈추지 않았다. 그가 음악에 완전히 압도되어 다른 것은 전혀 알 수 없는 상태가 될 때까지.

32

연주회 시작시간 이십 분 전. 연주회장인 마을회관은 만석이었다. 하딩 선생이 늦게 오는 사람들을 위해 뒤쪽에 준비한 의자만 빼고 모든 의자가 채워졌다. 완전한 음치로 알려진 그러브 양도 와 있었다. 하딩 선생이 자신의 제자들만 참가시켜 여는 이 작은 연주회는 마을 사람들에게 아주 오랫동안 생활의 일부처럼 여겨져왔다. 이 행사를 놓치는 마을 사람은 거의 없었다. 루크는 엄마와 로저 씨와 떨어진 앞자리에 미란다와 함께 앉아서 주변을 두리번거렸다.

연주회 참가자의 대부분인 어린 학생들이 부모와 함께 첫 네 줄을 가득 채웠고 흥분감에 악기를 튕기며 조율하는 소리가 들렸다. 푸른색 정장에 분홍색 나비넥타이를 매서 무척이나 화려해 보이는 하딩 선생은 한쪽 통로를 기분 좋게 걸어 다니면서 만나는 사람마다 인사를 하며 담소를 나누었다. 그는 편안하고 행복해 보였고 마지막 연주회를 성공적으로 마치겠다고 결심한 사람 같이 보였다.

그러나 어디에도 리틀 부인의 모습은 보이지 않았다. 기대하지는 않았지만 루크는 계속 둘러봤다. 그가 어찌나 두리번거리는지 나중에는 엄마와 미란다가 왜 계속 두리번거리느냐고 물어볼 정도였다. 그는 어깨를 으쓱하며 아무것도 아니라는 듯 행동했지만 둘러보는 걸 멈출 수가 없었다. 어리석은 짓이라는 건 알았다. 사람들이 이렇게 많이 모이는 자리에 부인이 올 리 없었다. 빌이 오래 전에 연주해주던 음악을 들을 수 있다는 것도 부인의 마음을 움직이기에 충분치 못했으리라. 부인은 지금 하딩 선생처럼 마을을 떠날 계획을 세우면서 집에 있을 것이다. 하딩 선생은 노퍽으로 가고 부인은 인도로 돌아가고. 두 사람 모두 움직이려 하고 있었고 묘하게도 루크는 자신도 그럴 거라고 느꼈다. 그들처럼 이곳을 떠나지는 않겠지만 ―이곳 말고는 가고 싶은 곳도 없었다― 어쨌든 그도 움직이려 하고 있었다. 그건 장소의 문제가 아니라 마음의 문제였다.

루크는 사람들이 아주 친절하게 대해줘서 내심 놀랐다. 스킨패거리와 어울리는 것을 마뜩찮게 여기던 일부 마을 사람들은 자신을 싸늘하게 대할 것이라 예상했었다. 하지만 그런 사람은 아무도 없었다. 그러브 양조차 루크에게 안부를 물어왔다. 그에게 일어났던 일이 마을 전체에 알려진 모양이었다.

"나한테 말해주지 않을래?"

미란다가 이렇게 말하고는 연주회 진행표의 마지막 부분을 큰 소리로 읽었다.

"'루크 스탠턴, 개인 선택곡' 어떤 곡을 연주할 건데?"

미란다는 루크를 장난스럽게 쳐다봤고 그는 미란다가 진지한 대답을 들으려고 묻는 게 아니라는 걸 알았다.

"기다려봐."

"아, 말해줘."

"말 안 해줄 건데."

"아무한테도 말 안 할게."

"그럴 수 없어."

"난 우리가 친구라고 생각했는데."

"나도 그렇게 생각했어."

미란다가 루크 엄마 쪽을 쳐다보며 말했다.

"아줌마, 루크가 어떤 곡을 연주해요?"

"나도 모르겠어. 나한테도 얘길 안 했거든."

엄마가 루크를 곁눈질하며 말했다.

"너무 길지만 않으면 돼. 여기 어린 학생들이 워낙 많아서 곡이 너무 길면 지루해하거든."

이때 로저 씨가 끼어들었다.

"베토벤의 〈해머클라비어Hammer-klavier〉 소나타는 어때? 한 시간 정도밖에 안 걸리는데. 재빨리 연주하면 자정쯤에는 집에 갈 수 있을 거야."

"이런 얘기 이제 그만들 하세요."

루크가 말했다.

그때 하딩 선생이 무대 위로 올라갔다. 청중의 웅성거리는 소리가 사라지고 일순간 실내가 조용해졌다. 루크는 마지막으로 한 번 더 둘러보았지만 노파는 보이지 않았다. 이제 자신이 연주해야 할 곡만 생각하자고 결심했다. 선생이 헛기침을 하며 말했다.

"에헴, 신사숙녀 그리고 어린이 여러분 안녕하세요. 너무 덥다고 느끼시는 분이 없으면 좋겠네요. 날이 무더워서 뒤쪽 문을 열어두려고 합니다. 그렇게 하면 연주를 애써 피하려고 했던 광장 사람들도 어쩔 수 없이 연주곡을 듣게 되겠죠."

청중의 점잖은 웃음소리가 퍼졌다.

"우리가 정말로 크게 연주하면 토비저그에 있는 사람들 소리까지도 압도할 수 있겠죠. 그렇게 하려고 제가 수년 동안 애써왔습니다."

청중의 웃음소리가 다시 부드럽게 퍼졌다. 하딩 선생은 미란다와 루크가 앉은 줄에서 몇 줄 더 뒤에 앉은 데이비스 부부에게 윙크를 하고 다시 말을 이었다.

"어쨌든 오늘 연주회는 저의 마지막 연주회입니다. 여러분이 속으로 우는 소리가 들리는군요. 그게 아니라면 회관에 감도는 이 기운은 정녕 안도의 한숨인가요? 아무튼 개인적으로 이 연주회가 성공적으로 끝나기를 바랍니다. 그리고 그렇게 되리라고 확신합니다. 오늘 출연하는 연주자들은 훌륭한 데다 모두 아주 열심히 연습했습니다. 저는 그들이 무척 자랑스럽습니다. 하지만 여러분이 저의 객쩍은 소리나 들으려고 여기까지 오신 건 아니니까 이제 곧바로 연주회를 시작하겠습니다. 오늘의 첫 번째 연주자 나오미와 자넬을 환영해주시길 바랍니다. 두 사람의 연주곡은 〈양떼는 한가로이 풀을 뜯고Sheep May Safely Graze〉입니다."

박수갈채가 쏟아지는 가운데 어린 여학생 두 명이 리코더를 가지고 앞으로 쭈뼛거리며 걸어 나갔다. 루크는 무대 위에서 흘러나오는 곡에 귀를 기울이며 마음을 가라앉히려고 했지만 도저히 그럴 수가 없었다. 이는 단순히 자기 차례에 대한 긴장감 때문은 아니었다. 무언가가 자신을 부르는 듯한 불안감이 엄습했다. 그게 뭔지는 알 수 없었다. 연주자들이 차례로 무대 위로 올라가 각자의 곡을 연주했다. 제럴딘, 벤, 수지, 샐리, 조이, 존, 앤드류, 시안, 사라, 피터가 나왔다가 들어갔다. 루크는 안 그러겠다고 다짐을 했지만 한 곡이 끝나고 다음 곡이 시작될 때마다 회관 뒤쪽을 확인했다. 하지만 리틀 부인은 보이지 않았다.

연주회가 무르익어 루크와 미란다가 함께 연주할 차례가 되었다. 이 연주가 끝나면 그는 무대에 남아 독주를 하기로 되어 있었다. 이것이 연주회의 마지막 순서였다. 그는 미란다가 옆에서 안절부절못하는 것을 느끼고 미란다의 눈을 쳐다보았다. 미란다의 얼굴이 창백했다. 긴장하고 두려워하는 기색까지 보였다. 그런데 미란다가 갑자기 상체를 숙이더니 그의 귀에 대고 속삭였다.

"루크, 실망시키지 않겠다고 약속할게."

"넌 잘할 거야."

"그런데…… 너무 긴장돼."

"괜찮을 거야. 최선을 다하면 돼."

미란다는 입술을 앙다물고 조지와 조가 기타를 연주하는 무대를 뚫어지게 쳐다봤다. 루크가 손을 뻗어 미란다의 손을 꽉 잡았다가 놓았다. 미란다가 그를 쳐다보며 작은 미소를 지었고 이내 다시 박수 소리가 들려왔다. 무대 위의 두 소년이 인사를 하고 하이파이브를 한 후 각자의 자리로 돌아갔다. 미란다가 플루트를 집어 들고 루크에게 말했다.

"자, 이제 우리 차례야."

미란다가 계단을 올라가 무대 위에 섰다. 루크도 피아노로 걸어가 자리에 앉은 후에 미란다의 신호를 기다렸다. 오른쪽에 있는 청중이 연주가 시작되기를 기다리며 몸을 이리저리 움직이는 게 보였다. 크게 심호흡을 해보았다. 그는 사람들이 이제 그만 몸을 움직이면 좋겠다는 생각을 했지만 어린 학생들, 특히 연주를 했던 학생들은 흥분감에 가만히 앉아 있질 못했다. 그는 자신에게 사람들의 이목이 쏠려 있음을 느꼈다. 그는 긴장한 미란다를 안심시키려고 미소를 지어 보였다. 무척 긴장한 듯 보여서 그는 미란다가 연주를 너무 빨리 해치워버리지는 않을까 슬슬 걱정이 됐다.

그러나 청중이 잠잠해지고 미란다가 연주를 시작한 순간 그는 미란다가 잘해낼 것을 직감했다. 〈정령들의 춤〉 연주는 훌륭했다. 음이 하나하나 울려 퍼질 때마다 춤추는 정령들이 나타나 자신의 주변을 계속 맴도는 것 같았다. 미란다는 이전에 연습했던 것보다도 훨씬 더 잘 연주했다. 마지막의 휴지休止 부분은 그가 들어본 가장 풍부한 음악이었다. 박수가 터져 나오자 그는 감동을 받아 자기도 모르게 피아노 의자에서 일어났고 미란다에게 박수를 보내면서 환성을 질렀다. 미란다도 홍조 띤 행복한 얼굴로 그에게 웃어주었다. 루크는 무대 앞에 서서 미란다와 함께 상체를 숙여 인사했다. 박수갈채가 계속 두 사람의 귓가에 울려 퍼졌다.

두 사람이 상체를 똑바로 펼 때 미란다가 말했다.

"루크, 고마워! 고맙고 고맙고 또 고마워!"

미란다는 그에게 미소를 짓고 계단을 내려가 자리로 돌아갔다. 박수 소리가 점차 잦아들었다. 그는 피아노로 다시 천천히 걸어가 자리에 앉았다. 악보를 앞에 기대 펼치고는, 침묵이 다시 무겁게 고이고 모든 시선이 자신에게 향하는 것을 의식하면서 마음을 가다듬었다. 어린 아이들도 기대감이 감도는 분위기에 전염된 듯 가만히 있었다. 루크는 그 기대감이 매우 크다는 사실을 알았다. 사람들은 이번 연주를 연주회의 가장 중요한 순서로 생각했고 특별한 기대를 품고 있었다. 하지만 루크는 다른 생각에 빠져 있었다. 앞에 놓인 악보를 물끄러미 바라보고 있노라니 사진으로 보았던, 못생기고 사납게 생긴 그 젊은 여인과 그녀를 사랑했고 지금은 고인이 된 그 젊은 남자가 생각났다. 그 외에는 아무 생각도 나지 않았다.

루크가 청중을 바라보며 말했다.

"이번 곡은 스크리아빈의 연습곡 작품 2-1번입니다. 이 곡을……."

그는 고개를 숙였다가 고개를 들어 청중을 바라보며 말했다.

"이 곡을 제 친구와…… 그 친구의 남편에게 바치고 싶습니다. 감사합니다."

그는 말을 마치고 미란다처럼 가능한 빨리 음악에 몰두할 수 있기를 바라며 손을 뻗었다. 막 건반을 누르려는 순간, 루크는 회관 뒤쪽에서 어떤 움직임을 감지했다. 두 손을 공중에 띄운 채 움직임을 멈추고 그쪽을 멀거니 바라봤다. 그러자 청중도 그의 시선을 따라 뒤를 돌아봤다.

출입구에 나타난 사람은 리틀 부인이었다. 부인은 시간을 정확히 맞춰 들어왔다. 루크는 부인이 회관 밖에 서서 열린 문틈으로 귀를 기울이고 있었음을 확신했다. 부인은 어색해하고 당황하고 두려워하는 듯 보였고 사람들의 시선이 자신에게 고정되자 금방이라도 몸을 돌려 도망갈 것 같았다. 그러나 하딩 선생이 미소를 지으며 그쪽으로 다가가 뒤쪽에 준비된 의자에 앉으라고 말했다. 쥐 죽은 듯 고요한 가운데 부인은 사람들의 시선을 받으며 자리에 가 앉았다. 부인의 눈과 루크의 눈이 마주쳤다.

루크는 부인이 환영받는다고 느낄 수 있기를 간절히 바라며 곧바로 미소를 지었다. 그는 부인의 두려움을, 안도감을 느끼고 싶어하는 마음을 감지했다. 부인의 그런 감정은 스크리아빈의 연습곡을 연주해달라는 어제의 간청처럼 그의 마음에 절실하게 와닿았다. 그는 부인이 여기 오기 위해 얼마나 큰 용기를 내야 했는지 상상해보려고 했지만 가늠이 잘 되지는 않았다. 하지만 부인을 도울 수 있는 방법이 한 가지 있었다.

그는 연주를 시작했다. 그러자 곧바로 모든 것이 변했다. 엄마와 로저 씨, 미란다와 하딩 선생과 그러브 양, 그리고 어린이들과 부모들이 있는 회관이 마치 텅 빈 것처럼 느껴졌다. 오직 뒤쪽에 두려운 얼굴로 앉아 있는 노파와 자신 외에는 아무도 없는 곳처럼 느껴졌다. 그는 악보와 건반과 피아노의 반짝거리는 표면에만 시선을 두었지만 속으로는 노파만을 생각했다. 노파가 경직된 자세로 앉아 자신을 지켜보며 귀를 기울이는 것이 느껴졌다. 노파

는 울고 있었다. 연주가 처음 시작될 때부터 울기 시작한 것 같았
다. 그는 느낄 수 있었다. 그 눈물이 마치 자신의 눈물인 것처럼.
그는 꿈속인 것처럼 연주했고 음악은 다른 누군가가 연주하는
것처럼 그에게서 흘러나왔다. 마지막 소절이 끝나고 마침내 그가
고개를 들자 뒷자리에 앉아 얼굴에 온화한 미소를 지으며 자신
을 바라보는 부인이 눈에 들어왔다. 그리고 부인 옆에는 젊은 비
행사가 서 있었다. 부인의 어깨에 한 손을 얹고 그녀를 내려다보
면서…….

박수갈채가 어찌나 큰지 루크는 깜짝 놀랐다. 그는 자신이 방
금 본 장면과 청중의 반응 때문에 몸이 조금 떨렸다. 자리에서 일
어나 무대 앞으로 걸어갔다. 미란다와 엄마와 로저 씨가 자리에
서 일어나 박수를 보냈다. 다른 사람들 역시 일어서서 박수를 쳤
다. 루크가 뒤쪽을 보니 리틀 부인도 온화한 미소를 띠며 박수를
치고 있었다. 하지만 그는 부인이 뭔가 다른 생각에 깊이 빠져 있
음을 알았다. 그리고 시야에서 사라지긴 했지만 젊은 비행사가
여전히 부인 옆에 있다는 사실도 알았다. 박수갈채가 점점 더 커
졌다. 루크는 청중에게 고개 숙여 인사하고 계단을 내려갔다. 모
든 사람이 자리에서 일어섰고 '앙코르!'를 외치는 소리가 회관에
울려 퍼졌다. 하딩 선생이 앞으로 걸어 나와 루크의 팔을 잡더니
청중을 둘러보며 조용히 하라는 손짓을 했다. 박수갈채와 환호성
이 잠시 이어지다가 이내 떠들썩한 소리가 잦아들었다. 하딩 선

생이 여전히 루크의 팔을 잡은 채 청중에게 말했다.

"자, 여러분, 모두 즐거운 시간을 보내셨기를 바랍니다. 이제 각자의 집으로 돌아가고 싶어 못 견디시겠지요……."

여기저기에서 이의를 제기하는 외침이 들렸다. 하딩 선생의 별난 유머감각에는 모두들 익숙했기 때문에 악의 없는 목소리였다. 그는 소리가 잦아들기를 기다렸다가 짐짓 놀라는 표정을 지어보이며 말했다.

"미안합니다만, 뭐가 또 남아 있나요?"

"앙코르!"

"앙코르!"

"이게 무슨 소리죠? 누가 '앙코르'라고 했나요?"

"앙코르라고 이 양반아!"

빌 폴리 씨가 자리에서 일어나 소리쳤다. 하딩 선생은 조용히 하라는 손짓을 다시 했다.

"물론 저야 앙코르 연주를 하고 싶지만 그럴 자격이 안 되는 것 같군요. 하지만……."

그는 루크를 돌아봤다.

"루크를 설득해봄이 어떨지……요?"

커다란 앙코르 외침이 회관 전체에 다시 울려 퍼졌다. 루크와 눈이 마주친 미란다가 미소를 지었다. 잠시 후 회관이 다시 잠잠해지자 하딩 선생이 말을 이었다.

"루크, 저분들은 내가 소원을 들어주지 않으면 나를 잡아먹을 기세인데 그렇게 되면 좋아할 사람이 한두 명이 아닐 것 같아. 친구한테 호의를 베푸는 셈 치고 한 곡조 더 뽑아주면 안 될까?"

앙코르를 외치는 소리가 객석에서 다시 들려왔다.

"어서, 루크!"

"한 곡 더!"

"한 곡 더!"

루크의 눈이 엄마와 마주쳤다. 그리고 루크는 하딩 선생 쪽으로 몸을 돌려 고개를 살짝 끄덕였다. 그가 다시 무대로 올라가 피아노 앞에 서자 사람들의 외침은 환호로 바뀌었다. 하딩 선생은 그가 의자에 앉기를 기다렸다가 청중을 보며 다시 조용히 하라는 손짓을 했다.

"자, 여러분, 오늘 밤의 마지막 순서는 루크의 앙코르 곡이 되겠습니다. 루크는 휴식이 필요할 겁니다. 설령 그렇지 않다 해도 확실히 저는 휴식이 필요합니다. 하지만 연주회를 끝내기 전에 이 마지막 연주회를 기획하도록 도와주신 모든 분께, 누군지는 각자 아시겠죠, 그리고 화기애애하고 즐겁게 연습하고 연주도 훌륭하게 해준 모든 연주자한테 깊은 감사를 드립니다. 제가 노퍽에 가면 여러분 모두 제게 편지를 써주시면 좋겠습니다. 저보다 더 노령인 데다 현실감각도 더 떨어지는 제 누나와 단 둘이 살아야 하기 때문에 무척이나 외로울 것 같거든요. 그러니 편지를 써주세요. 답장은 꼭 해드리겠습니다. 혹시 제가 이메일 사용법을 배울지 또 압니까? 세상엔 별난 일들이 종종 일어나는 법이니까요. 그러니 다시 말씀드리지만……."

하지만 거구의 빌 폴리 씨가 부산스럽게 앞으로 나오는 바람에 하딩 선생의 말은 중단되었다. 빌 폴리 씨가 호기롭게 말했다.

"두 가지 이유에서 말을 좀 자르겠습니다. 첫째, 제가 지금 말을 막지 않으면 선생님은 남은 시간 내내 말을 늘어놓으실 텐데, 특히나 그런 양복을 입고 거기에 서 계신 모습을 더 오래 지켜보는 건 보통 사람이 견딜 수 없는 일이거든요. 둘째, 우리는 루크의 연주를 다시 듣고 싶단 말입니다."

객석에서 이에 동의하는 박수 소리가 들렸다.

"그리고 셋째……."

"실례지만, 이유가 두 가지라고 했던 것 같은데요."

하딩 선생이 말했다.

"지금 갑자기 세 번째 이유가 생각나서요."

빌 폴리 씨가 헛기침을 했다.

"셋째, 수지가 할 얘기가 있답니다."

다섯 살 난 수지는 한 손에 리코더를 든 채 앞으로 나왔다. 다른 손에는 카드 한 장과 작은 꾸러미가 들려 있었다. 하딩 선생은 진지하게 몸을 숙이고 수지가 말하기를 기다렸다.

"저희는……."

수지가 입술을 앙다물고 바닥을 멀거니 내려다보았다.

"선생님께 고맙다는 말을 전하고 싶습니다…….."

수지는 다시 입을 다물었다가 이내 무언가를 결심한 표정으로 나머지 말을 재빠르게 쏟아냈다.

"연주회를 열어 좋은 음악을 들려주셔서 말이에요. 그리고 이건 선물이에요."

수지는 카드와 꾸러미를 하딩 선생의 손에 쥐어주고 잰 걸음으로 엄마에게 돌아갔다. 하딩 선생이 미소를 띠며 몸을 폈다.

"수지, 무척 고맙구나. 내가 어떻게 해야 할지 모르겠네."

"열어보세요! 그리고 그것 좀 한참 들여다보세요, 저흰 루크 연주 좀 듣게요!"

빌 폴리 씨가 말했다.

회관 전체에 웃음이 왁자하게 퍼졌다. 그러다가 하딩 선생이 봉투를 열어 그것을 읽자 곧바로 실내가 조용해졌다. 그는 고개를 들어 다시 청중을 쳐다봤다.

"고맙습니다. 정말로 고맙습니다. 무슨 말을 해야 할지 모르겠군요."

"할 말을 잃었다! 그렇게 말하시면 되잖아요!"

빌 폴리 씨가 다시 말했다. 실내에 웃음소리가 퍼졌으나 하딩 선생이 꾸러미를 열자 다시 고요해졌다. 이때 빌 폴리 씨의 목소리가 크게 울렸다.

"어떤 선물인지 모르는 분들을 위해 말씀드리자면 그것은 선생님이 그렇게 오랫동안 갖기 싫어하신 컴퓨터를 살 수 있는 수표와 인터넷에 접속하고 이메일 주소를 갖는 데 필요한 소프트웨어가 담긴 CD입니다."

빌 폴리 씨가 하딩 선생을 쳐다보았다.

"그러니까 선생님이 저희에게서 달아나시기에 노퍽은 그렇게 먼 곳이 아닙니다."

환호성과 웃음과 박수가 객석에서 더 터져 나왔다. 하딩 선생은 소리가 다시 잠잠해지기를 기다렸다가 말했다.

"고맙습니다. 정말로 고맙습니다."

그는 다시 무대를 쳐다봤다.

"사랑하는 루크, 모두들 집으로 돌아가기 전에 마지막 곡 연주를 부탁한다."

루크는 곡에 대한 소개를 하지 않고 곧바로 연주를 시작했다. 아까 대화가 오갈 때 그는 하딩 선생조차도 들어본 적이 없는 곡을 연주해야겠다고 생각했다. 어떤 곡을 연주할지 그 답은 분명했다. 집 음악실에서 그의 몸을 관통하듯 들려오던 그 음악 외에 어떤 곡이 있겠는가? 이제 완성된 그 선율은 그 누구도, 심지어 하딩 선생도 알지 못하는 곡이었다. 이번 연주를 할 때는 아무런 영상도 보이지 않았다. 다만 그의 손가락을 통해 선율이 춤추듯 흘러나오는 동안 하딩 선생이 이전에 얘기했던, 금속판 위에서 움직이는 모래 형상 같은 곡선만 눈앞에 아른거렸다. 그가 연주하고 있는 곳은 회관이나 마을이나 어떤 나라나 지구가 아니었다. 별과 천체와 소리와 영상과 그가 생각할 수 있는 것 이상의 아름다움으로 가득 찬 창공이었다.

음악이 끝나고 실내가 다시 고요해졌는데 이번에는 그 고요함이 꽤 오래 지속되었다.

아무도 그 고요함을 깨뜨리지 않았다. 아무도 움직이지 않았다. 루크는 얼굴과 손에서 땀방울이 또르르 흘러내리는 것을 느끼며 의자에 깊숙이 앉아 심호흡을 하고 몸을 돌려 사람들의 얼굴을 쳐다봤다. 마치 모두 처음 보는 얼굴인 것처럼. 경외감에 사로잡힌 사람들도 그의 얼굴을 쳐다보았다. 그 침묵을 깬 사람은 수지였다. 수지는 엄마한테 작게 속삭인다고 한 말이지만 그 소리가 어찌나 컸는지 맨 뒷줄에 앉은 그러브 양의 귀에도 들렸다.

"왜 아까처럼 박수를 치지 않아요?"

이 말에 모든 사람이 박수를 치기 시작했다. 박수 소리는 천천히 흘러나오다가 이내 속도가 빨라졌다. 루크가 무대 앞에 나왔을 즈음에는 사람들 모두 자리에서 일어나 환호성을 질렀다. 그는 그 어느 때보다 어색하고 당황해하며 고개를 숙여 인사했다. 계단을 내려오니, 순식간에 사람들이 몰려 들었다. 어린아이들뿐 아니라 모든 사람이 그의 몸에 조금이라도 가까이 닿기를 원하는 듯했다. 사람들은 그에게 입을 맞추고 그를 꼭 껴안았으며 그의 손을 잡아 흔들고 등을 탁탁 치기도 했다. 시안과 조이는 사인을 해달라고 했다. 빌 폴리 씨는 루크가 한때 자신이 생각했던 것처럼 그렇게 멍청한 사람은 아닌 것 같다며 너스레를 떨었다. 스피드의 엄마도 다가와 루크를 축하해주었는데, 그가 미처 고맙다고 말하기 전에 얼른 뒤돌아갔다. 엄마와 로저 씨와 미란다는 사람들이 흩어져 돌아가기를 기다리며 뒤에 서 있었다. 다행히도 사람들이 점차 돌아가자 세 사람이 앞으로 나왔고 그 뒤로 데이비스 부부와 하딩 선생이 걸어왔다.

그런데 한 사람은 멀찌감치 떨어져 있었다. 루크는 사람들이 칭찬을 늘어놓는 와중에도 그 부인에게서 시선을 떼지 않았다. 회관을 떠나지는 않았지만 리틀 부인은 자리에서 일어서서 문쪽을 보고 있었다. 그는 누구라도 부인에게 다가가 말을 걸어주기를 바랐지만 그러는 사람은 없었다. 루크는 부인과 시선을 맞추고 싶었다. 그냥 이대로 돌아가게 내버려두면 안 됐다. 그는 부인이 그대로 가버리면 뒤쫓아 달려갈 참이었다.

"너 참 이상했어. 누구한테 바친다는 뭐 그런 얘기 말이야."

미란다가 말했다. 그때 몸을 돌린 부인과 시선이 마주쳤다. 이쪽으로 오라고 손짓을 하고 싶었지만 그럴 수가 없었다. 그렇게 하면 분명 부인이 모욕감을 느끼리라. 하지만 뭔가를 하기는 해야 했다.

"루크?"

미란다가 말했다. 그는 미란다를 흘긋 바라보고는 바로 부인에게 시선을 돌려 눈빛으로 애원했다.

"루크?"

엄마가 말했다. 그가 시선을 돌려 엄마를 바라보았다.

"루크? 누구를 위해 스크리아빈 연습곡을 친 건지 미란다가 궁금해하잖니."

"그 곡 아주 좋았어. 아름답더구나. 전에 들어본 적이 없는 곡이었어."

로저 씨가 말했다.

"그런데 누구한테 바친다는 말이었니? 남편이 있는 친구가 도대체 누구야?"

미란다가 물었다.

"접니다."

뒤에서 목소리가 들렸다.

루크가 깜짝 놀라 고개를 돌리니 거기 리틀 부인이 서 있었다. 다른 사람들도 고개를 돌려 부인을 쳐다봤다. 부인이 경계하는 눈빛으로 한 사람씩 쳐다보았다.

"리틀 부인."

엄마가 말했다. 그리고 부인 곁으로 다가가 손을 내밀었다.

"못 알아봐 죄송합니다. 그런데 서로 얘기를 나눠본 적이 없네요, 그렇죠?"

"그런 것 같네요."

부인이 루크 엄마의 손을 잡고 흔들면서 말했다.

"루크와 아는 사이라는 걸 이제야 알았네요. 그런데 부인과 저는 서로 얼마나…… 몰랐는지……."

엄마가 루크를 쳐다봤다.

"리틀 부인을 만났다는 말조차 하지 않았잖니."

"얼마 안 된 일이에요."

리틀 부인이 말했다. 부인은 루크를 흘긋 보고는 엄마에게 시선을 돌렸다.

"스킨과 다른 두 녀석이 항상 그랜지 주변을 어슬렁거렸어요. 그 녀석들이 집에 침입하기로 작정하고 루크를 그 일에 끌어들이려고 했던 모양이에요. 그런데 루크는 그렇게 하지 않았지요. 그 대신 우리 두 사람은 친구가 되었어요. 루크가 무단결석한 날 우리 집에 왔었어요. 우리 집엔 한 번도 연주된 적 없는 피아노가 한 대 있거든요. 저는 루크한테 전쟁 때 죽은 남편에 대한 얘기를 해주었어요. 남편은 비긴힐 상공을 날던 항공병이었는데 비치헤드 상공에서 적군의 총탄을 맞고 추락했죠. 남편은 제게 피아노 연주를 자주 해주었어요. 특히 스크리아빈 연습곡을요. 루크가 우리 집에 와서 저를 위해 피아노를 연주해주었어요. 그게 저한테 어떤 의미인지 어떻게 말로 표현할 수가 없네요."

"저도 그래요."

루크가 재빨리 말했다. 두 사람의 시선이 다시 마주쳤다. 리틀 부인이 루크의 얼굴을 쳐다보며 말했다.

"집을 침입하는 데 루크가 협조하지 않으니까 그런 짓을 저지른 것 같아요."

부인의 얼굴을 쳐다본 루크는 그 얼굴에 미소가 얼핏 서리는 것을 보았다. 그는 하딩 선생이 자신을 지켜보고 있다는 걸 곁눈질로 알았다. 하딩 선생이 말했다.

"그런데 마지막 곡은 뭐였니? 내가 모르는 곡 같아서. 누가 쓴 곡이니?"

루크가 하딩 선생을 바라보는데 선생은 이미 그 답을 알고 있는 것 같았다. 그렇지만 대답해주었다.

"스탠턴의 곡이에요."

"그럴 거라고 생각했어."

"스탠턴? 매튜 스탠턴 아니면 루크 스탠턴?"

로저 씨가 물었다.

"둘 다요."

루크가 대답했지만 하딩 선생은 고개를 저었다.

"난 그렇게 생각 안 하는데."

하딩 선생이 로저 씨를 흘긋 쳐다보며 말했다.

"이 곡은 루크가 매튜를 위해 만든 곡일 겁니다. 맞지, 루크?"

루크가 미소를 지었다. 하딩 선생은 손을 뻗어 루크의 팔을 토

252

닥였다.

"정말 환상적인 곡이었어."

다른 사람들도 이에 동의하며 크게 웅성거렸다.

"고마워요."

루크가 말했다.

"우리가 앞으로 그런 멋진 곡을 더 기대해도 될까?"

하딩 선생이 물었다.

또 다른 곡조가 이미 루크의 머릿속에 들리는 듯했다.

"지켜봐주세요."

"그러지."

하딩 선생은 이렇게 말하더니 한숨을 쉬었다.

"그런데 말이야, 내가 은퇴해서 노퍽의 케케묵은 작은 방으로 돌아간다는 계획이 조금 이른 감이 있지 않나 싶은 생각이 들기 시작했어. 더군다나 이제 막 활개를 칠 스탠턴을 놔두고 가야 하니 말이야. 아, 부인……."

선생이 리틀 부인을 쳐다보며 말했다.

"이제라도 부인을 만나 뵙게 되어 정말 반갑습니다. 전에는 왜 한 번도 못 만났는지 알 수가 없네요. 아마 제 탓이겠죠. 제가 사사로운 제 일에만 너무 묶여 있어서요. 어쨌든 제가 노퍽에 가기 전에 한번 만납시다. 그러니까, 부인이 원하신다면 말입니다. 강요하진 않겠습니다. 하지만 부인과 이런저런 얘기를 좀 나누면

253

좋겠네요."

"저도 몇 달 안에 인도로 돌아갑니다. 집도 이미 내놓았어요."

부인의 눈이 루크와 마주쳤다. 그러자 이내 흔들리는 눈길을 하딩 선생에게 돌렸다.

"그래도 한번 만나는 게 좋겠네요. 그랜지로 오신다면 더욱 좋고요."

부인은 그들을 죽 둘러보았다.

"모두 오셔도 돼요. 모두 오셨으면 좋겠어요."

"그러면 저희도 좋죠. 그러면 루크가 부인을 위해 피아노 연주를 또 할 수도 있고요. 아마 루크도 좋아할 거예요."

엄마가 말했다.

"루크가 연주할 시간이 많지는 않을 겁니다. 다음번 걸작을 작곡하느라 무척 바빠질 테니까요."

하딩 선생이 루크에게 윙크를 하고 몸을 살짝 숙이며 말했다.

"농담 아니다."

"저도 알아요."

루크가 대답했다.

모두 문 쪽으로 걸어가는 가운데 하딩 선생은 리틀 부인과의 대화에 빠져 있었다.

"전쟁 때 저는 비긴힐에서 멀지 않은 곳에 있는 부대에 있었어요. 부인 남편처럼 용감한 일은 하지 못했지만요. 제가 있던 곳은……."

두 사람은 마치 오랫동안 알아온 사람처럼 얘기를 나누었다. 루크는 지금까지 일어난 모든 일을, 특히 자기 마음에서 일렁이고 있는 묘한 감정을 이해하려고 애쓰면서 잠시 주춤했다. 그는 행복했고 스스로도 그 사실을 알았지만 여전히 무언가가 마음을 끈질기게 괴롭히고 있었다. 이상한 불안감이 느껴졌고 또다시 무언가가 자신을 부르는 듯한 기분이 들었다. 너무 강력해서 거부할 수 없는 무언가가. 미란다가 옆에서 말없이 걷고 있었는데 그는 미란다가 옆에 있다는 사실에 안심이 되었다.

많은 사람들이 캄캄해진 바깥에서 발걸음을 멈추고 잠시 모여 있었다. 회관 안에서는 폴리 부인과 그녀를 거들어주는 사람들이 벌써 의자를 정돈하고 회관을 치우느라 분주하게 움직이고 있었다. 루크와 미란다가 밖에 모인 사람들 곁으로 다가갔다.

"별이 떠 있네."

하딩 선생이 위를 올려다보며 말했다.

"아름답다. 보름달도 아름답고."

엄마가 말했다.

"리틀 부인과 저는 제 집에 가서 차를 좀 마실 겁니다. 같이 가실 분 있나요? 누구든지 환영합니다."

하딩 선생이 말했다.

"아주 고마운 말씀입니다만……."

엄마가 이 말을 하며 로저 씨를 바라봤다.

"좀 늦은 것 같아서요."

로저 씨가 엄마에게 미소를 짓고 하딩 선생을 쳐다보며 말했다.

"말씀만으로도 고맙습니다."

"저희도 가고 싶지만 토비저그로 가봐야 할 것 같아요. 필립한테 가게를 맡기고 왔는데 아직 일에 서툴러서요."

데이비스 씨가 말했다.

"이해합니다."

하딩 선생은 모두를 둘러보며 밝게 미소 짓더니 나비넥타이를 바로 하고서 리틀 부인을 쳐다봤다.

"그러면 우리 두 사람만 가야겠군요."

"그러네요."

부인이 말했다.

두 사람은 미소를 지어 보이고 하딩 선생의 집 방향으로 걸음을 옮겼다. 엄마가 루크에게 몸을 돌렸는데 먼저 말을 꺼낸 사람은 루크였다.

"엄마, 어쩐지 집에 아직 들어가고 싶지가 않아."

"그래, 알았어."

"난……."

"혼자 있을 시간이 필요하다는 거겠지. 그래, 이해한다. 들어오고 싶을 때 들어오렴. 엄마가 악보를 대신 갖다 놓을까?"

루크는 스크리아빈 악보를 엄마에게 건네줬다.

"고마워. 그리고……"

그는 미란다를 흘긋 보았고 엄마에게 물어보고 싶은 말을 어떻게 표현해야 할까 생각했다. 그런데 그가 말을 꺼내기도 전에 데이비스 부인이 답을 해주었다.

"미란다 너도 밖에 있다가 들어와도 돼. 연주를 하고 난 후라 아직 흥분이 가시지 않았을 거야."

데이비스 부인은 상체를 숙여 딸에게 입을 맞추었다.

"그렇지, 딸아?"

미란다가 자기 엄마에게 미소를 지었다.

"그럼 이따가 보자."

데이비스 부인이 말했다. 사람들은 루크와 미란다만 남겨두고 자리를 떠났다. 사람들이 길 모퉁이를 돌아 보이지 않게 되자 루크가 미란다를 빤히 바라봤다.

"루크, 왜 그래? 좀 이상해 보여. 뭐 안 좋은 일 있니?"

루크는 이맛살을 찌푸리며 말했다.

"나도 모르겠어. 뭐가 안 좋은 건지 나도 모르겠어. 그 반대일 수도 있고. 그러니까…… 뭔가 아주 좋은 일일 수도 있어. 그런데 잘 모르겠어. 미안, 말이 오락가락해서."

그는 잠시 생각하다가 말했다.

"미란다?"

"응?"

"내가 가고 싶은 곳이 있거든. 아주 중요한 곳인데. 나와 함께 가줄래?"

미란다는 곧바로 고개를 끄덕였다.

33

숲은 고요하고 평온했다. 바람이 없어서 나뭇잎이 살근거리지
도 않았다. 올빼미 소리도 들리지 않았다. 정적을 깨뜨리는 동물
의 날랜 발소리나 새가 날개를 퍼덕이는 소리도 들리지 않았다.
주변의 모든 사물이 깊은 잠에 빠져든 것 같았다. 루크와 미란다
는 가벼운 발걸음으로 아무 말 없이 숲속을 걸었다. 두 사람의 머
리 위, 나뭇잎과 나뭇가지가 얽혀 만들어진 거대한 차양을 통해
별이 총총히 뜬 크림색 밤하늘이 보였다. 두 사람은 숲처럼 깊은
침묵에 잠긴 채 가까이 붙어서 걸었다. 루크는 걸어가면서 다시
발리 생각에 젖어들었다. 생각해보니 발리를 이곳으로 데려왔을
때가 고작 며칠 전이었다.

발리는 지금 어디에 있을까 궁금했다. 분명히 자고 있을 거라

는 생각이 들었다. 아니, 그러기를 바랐다. 근래에 발리는 잠을 많이 못 잤다. 그러나 지금은 다시 행복해졌으리라. 자신처럼. 하지만 그는 무엇 때문인지 몰라도 여전히 마음이 안정되지 않았다. 그래도 미란다가 이렇게 가까이 있다는 사실이 위안이 되었다. 두 사람은 달빛을 받아 환해진 풀 덮인 숲길을 각자의 생각에 잠긴 채 걷다가 마침내 그들을 기다리는, 상처 입은 나무가 있는 빈터 근처에 도착했다. 루크가 발걸음을 갑자기 멈추었다.

"잠깐만."

미란다도 발걸음을 멈추고 그를 쳐다봤다.

"왜 그래?"

그는 빈터를 바라봤다. 오크 밑동 근처에서 어떤 움직임 같은 것을 분명히 보았다. 하지만 이렇게 야심한 시간에 누가 여기에 오겠는가?

"루크? 괜찮니?"

미란다가 물었다.

나무 옆에서 또다시 움직임이 느껴졌다. 분명 윤곽이 뚜렷한 어떤 형상이 나무몸통 가까이 서 있었다. 누군가 저기 있다, 그는 확신했다. 그게 아니라면……? 그는 다시 한번 눈을 크게 뜨고 오크 근처를 쳐다봤다. 밤이어서 잘못 본 게 아닐까? 미란다는 아무것도 못 본 모양이었다. 그는 되돌아가야 하는 게 아닌가 생각했다.

"루크?"

미란다가 가까이 다가왔다. 그는 미란다의 얼굴에 걱정이 어리는 것을 보았다.

"뭔가 안 좋구나."

"아니."

그가 재빨리 대답했다.

"그렇지 않아. 괜찮아. 그런데 말이지, 여기에 잠깐만 있어볼래?"

"오크 상태가 어떤지 가서 보고 싶어할 거라고 생각했어."

"맞아, 그런데……."

"잠시 혼자 있고 싶은 거겠지. 너하고 나무하고만. 괜찮아. 다 이해해."

루크는 고마운 마음으로 미란다를 바라봤다. 미란다는 완전히 잘못 짚었다. 사실 그는 지금 이 순간 이 세상 누구보다 미란다와 함께 있고 싶었다. 하지만 적어도 미란다의 착각은 그가 나무를 확인하는 동안 미란다를 안전하게 해줄 구실이 되었다. 어쨌든 그는 나무의 상태를 확인하고 거기에 무엇이, 혹은 누가 있는지 봐야만 했다.

"곧 돌아올게."

"그래. 난 여기서 기다릴게."

"괜찮겠니?"

"물론이지."

미란다가 그의 팔에 손을 갖다 댔다.

"네가 이렇게 가까운 데 있는데, 뭐. 걱정하지 마."

"빨리 올게."

"그만 걱정해. 괜찮다니까. 그리고 다 이해해."

"그럼 조금 이따 보자."

루크는 오크 고목과 그 옆에 서 있는 이상한 형체에 시선을 고정하고 빈터로 걸어갔다. 뭔가가 분명히 있었다. 지금은 그 형체가 또렷이 보였다. 그 형체는 나무가 얼마나 해를 입었는지 관찰하듯 그에게 등을 보인 채 얼굴을 나무껍질에 가까이 갖다 대고 있었다. 루크는 빈터 가장자리에서 걸음을 멈추고 그 모습을 지켜봤다. 그 형체는 여전히 뒤돌아보지 않고 나무를 관찰했다.

'저 사람은 누구지?'

루크는 상대가 해로운 사람일 수도 있으니, 거리를 유지한 채 큰 소리로 불러봐야겠다고 생각했다. 하지만 계속 지켜보니 해로운 사람은 아닌 것 같았다. 그는 이 알 수 없는 사람의 검은 형상을 찬찬히 뜯어보면서 자신의 발걸음을 이곳으로 이끌었던 그 모든 불안한 열망과 두려움을 상기했다. 천천히 발걸음을 내디디며 빈터를 지나 나무 쪽으로 다가갔다. 그가 가까이 가자 그 형상이 그의 소리를 들은 듯 뒤를 돌아보았다. 그 순간 루크는 보고 말았다. 달빛에 비친 아빠의 얼굴을.

그 모습이 어찌나 또렷하고 어찌나 가깝고 친숙한지 여태 아빠와 한 번도 떨어져 지낸 적이 없는 듯 느껴졌다. 마치 밤중에 두 사람이 가장 좋아하는 나무를 보러 이곳까지 산책을 나온 것 같았다. 이전에 자주 그랬듯이.

루크는 떨리는 기분으로 아빠를 봤고 아빠 역시 그를 바라봤다. 아빠의 눈빛은 따뜻하고 밝고 생기에 넘쳤으며, 입가에는 그리움이 담긴 미소가 떠올랐다. 루크는 가까이, 더 가까이 다가갔다. 바로 눈앞에 아빠의 얼굴이 보일 때까지. 아빠는 여전히 말없이 그를 바라봤고 여전히 입가에 미소를 짓고 있었다.

"걱정 마세요. 전 괜찮을 거예요."

루크가 중얼거렸다. 그 순간, 그의 눈앞에 존재하던 얼굴과 몸이 사라지기 시작했다. 그는 사라져가는 아빠의 형체를 멍하니 바라보았다. 아빠의 형체가 완전히 사라지고 그 자리에 나무만 덩그러니 보였지만 그는 아빠가 입가에 미소를 머금고 자신을 계속 지켜보고 있음을 느꼈다.

그는 고요하고 평온하며 아름다운 그 순간을 잠시 만끽하다가 뒤이어 충격과 의심과 갑작스러운 두려움을 느꼈다. 그러고는 절망적인 마음으로 이제는 거기에 존재하지 않는 형체를 붙잡으려 손을 뻗었다. 그러다 어느새 자신이 나무를 포옹하고 있음을 알아차렸다. 뒤에서 그의 이름을 부르는 소리가 들렸다. 눈물을 흘리며 뒤돌아보니 미란다가 서 있었다. 아빠의 얼굴에 그랬던 것처럼 미란다의 얼굴에도 달빛이 환하게 비추었다.

"루크."

미란다가 부드럽게 말하며 두 팔을 내밀었다. 루크는 미란다에게 달려가 미란다를 끌어당겼고 그렇게 두 사람은 서로를 꼭 껴안았다. 미란다에게서 따스함과 넘치는 사랑이 느껴졌다. 미란다가 그의 등과 목과 머리카락을 어루만졌다.

"괜찮아. 괜찮아, 괜찮다니까."

미란다가 속삭였다. 그는 흐느껴 울었다. 어찌나 격하게 울었는지 몸이 산산조각 나는 기분이 들었다. 미란다는 계속 그를 안고서 어루만지며 괜찮다고 속삭여주었고, 그의 볼에 천천히 부드럽게 입을 맞추었다. 그도 미란다에게 입을 맞추었다. 입 맞추고 흐느껴 울고 입 맞추고 또 흐느껴 울고. 그의 심장이 세차게 고동쳤다. 잠시 후 두 사람은 입맞춤을 멈추고 서로를 꼭 안고만 있었다. 미란다의 볼에서도 눈물이 흐르는 것이 느껴졌다. 그것이 자신이 흘린 눈물인지, 아니면 미란다가 흘린 눈물인지는 알 수 없었지만. 그는 미란다의 목에 얼굴을 파묻고 미란다를 더 바짝 끌어당겼다. 고요한 숲속에 그 둘의 숨소리만 들렸다. 오크 고목은 두 사람의 머리 위를 어루만져주는, 상처 입은 거대한 손 같았다.

"날 떠나지 마."

그가 중얼거렸다.

미란다가 그를 꼭 안았다.

"안 그래. 너도 날 떠나지 마."

어둠 속에서 다양한 소리가 메아리처럼 들려왔다. 숲의 소리, 여기에 서 있는 미란다와 자신의 소리. 발리와 리틀 부인의 소리, 엄마와 로저 씨와 그가 아는 모든 사람의 소리. 아빠의 소리, 눈으로 보진 못했지만 지금도 주변에서 춤을 추고 있을 정령들의 소리. 그가 들었던 음악 소리와 그의 마음 깊은 곳에서 솟아나와 앞으로 세상에 나오게 될 음악 소리. 플루트 소리, 하프 소리, 종소리, 그리고 이 모든 소리의 이면에 존재하는 우주의 윙윙거리는 소리까지. 이 마지막 소리는 이제는 그에게 익숙한, 거세고 요란한 파도 소리로 합쳐졌다. 그 순간 루크는 하딩 선생의 말이 옳았음을 깨달았다. 이 소리들이 그에게 해가 아닌 위안이 될 것이라던 말을. 그는 미란다를 꼭 안고 두 눈을 감았다. 그리고 감은 눈앞에 펼쳐진 어둠 속에서 금빛과 푸른빛을 보았다. 활짝 핀 연꽃 같은 하얀 별도 보았다. 창공의 노랫소리가 그의 주변에서, 그의 내면에서, 그리고 주변 곳곳에서 들려왔다.

루크는 자신의 볼에 미란다의 입술이 닿는 것을 느끼고 고개를 돌려 미란다의 입술을 찾았다. 그렇게 두 사람은 서로를 안은 채 부드럽게 입을 맞춘 후 서로 얼굴을 살짝 떼었다가 이마를 마주 댔다.

"아직도 울고 있구나."

미란다가 말했다. 미란다는 천천히 손을 올려 그의 얼굴을 어루만졌다.

"괜찮아. 넌 괜찮을 거야."

"나도 알아."

루크가 말했다.

미란다가 그의 얼굴을 계속 어루만지다가 손길을 갑자기 멈추더니 한숨을 내쉬었다.

"왜 그러니?"

그가 물었다.

"나무가 너무 안됐어."

그는 손으로 미란다의 머리카락을 훑어 내리면서 말했다.

"나무 걱정은 하지 마. 나무도 괜찮을 거야."

"로저 아저씨는 나무가 죽을 거라고 하던데."

"죽지 않을 거야."

"어떻게 알아?"

루크는 아까 들리던 그 소리에 다시 귀를 기울였다. 그러자 자신의 두 팔에 안겼던 소녀의 모습이 눈앞에 보였다. 공기처럼 가벼운 소녀. 그 소녀가 했던 말이 떠올랐다.

"나무가 노래해."

그가 중얼거렸다.

"뭐라고?"

미란다가 물었다.

"나무가 노래해."

그는 미란다의 눈을 들여다봤다.

"나무가 노래를 해. 다시 깨어나고 있어. 상처받았지만 치유될 거야."

"어떻게 알아?"

"그런 소리가 들리거든."

"난 안 들리는데."

"낮게 속삭이는 소리야."

루크는 미란다가 온화한 미소를 지으며 자신을 바라보는 모습을 마주 보았다. 리틀 부인이 보였던 것과 같은 온화한 미소. 그리고 아빠가 잠시 전에 지어 보였고 지금도 어디에선가 여전히 짓고 있을 그런 온화한 미소. 온화하고 사랑이 담긴 미소. 루크도 어느새 그런 미소를 미란다에게 짓고 있었다. 미란다가 그를 끌어당겨 다시 입을 맞추었다. 그리고 두 사람은 말없이 손을 붙잡고 마치 한 사람인 양 몸을 붙여 어스레한 숲길을 되돌아갔다.

진심이 만들어내는
반짝반짝한 심포니

『별빛 칸타빌레』의 원래 제목은 '스타시커Starseeker'다. 다소 낯설지만 꽤 좋은 느낌이 나는 단어다. 입속으로 가만히 발음해보면 역동적이기도 하고 서정적이기도 하고 신비롭기도 하다. 또 뭔가 저 높은 곳을 추구하는 사람이 어렴풋이 떠오르기도 한다. 책은 제목이 첫인상의 반 이상을 차지하기 마련인데 이 책을 읽고 번역하는 동안, '아, 정말 멋진 책이구나' 하는 생각이 들어 내심 흐뭇했다. 내가 사람은 참 잘 보지, 싶은 마음이랄까.

전작 『리버 보이』에서 보여준 것처럼 작가 팀 보울러는 서정적 묘사를 통해 풍부한 이미지를 만들어낸다. 읽으면 바로 풍경이 눈앞에 그려지는 그의 필치를 따라, 내 앞에는 음습한 고저택

이 펼쳐지기도 했고 햇살이 눈부신 숲이 펼쳐지기도 했으며, 제목 그대로 반짝반짝한 별이 그려지기도 했다. 뿐만 아니라 이 책은 시각적 묘사와 더불어 청각적 묘사도 아주 뛰어나다. 나뭇잎이 살랑거리는 소리, 손의 움직임을 따라 흐르는 피아노 선율, 우르릉거리는 하늘의 소리……. 시각적 청각적으로 이렇게 충만한 이미지 덕분일까, 영국에서는 연극으로도 상연되어 많은 호응을 얻었다고 한다.

　하지만 이 소설의 백미는 다른 데 있다. 묘사는 아름답고 잔잔하고 서정적이지만 소설 곳곳에 사용된 미스터리, 판타지 요소가 독자를 단번에 작품 속으로 끌어들인다. 처음 책을 받아들고 다소 긴 분량에도 불구하고 시간 가는 줄 모르고 두근두근해하며 책장을 넘긴 기억이 새롭다.

　2년 전 사랑하는 아버지를 잃은 열네 살 소년 루크, 그는 남들이 듣지 못하는 소리를 듣는다. 예민한 감수성을 지녔고 음악에 천재적인 재능을 지녔지만 정작 그의 생활은 문제투성이다. 불량 클럽에서 벗어나고 싶지만 보복이 무섭고, 새로운 애인이 생긴 엄마에게는 자꾸만 반항심이 생긴다. 내면의 상처와 두려움 때문에 그는 마음을 닫은 채 방황한다. 하지만 어느 날 패거리를 따라 그랜지 저택을 방문한 그는 비밀을 간직한 한 노파와 어린 소녀를 만나고 그때부터 그의 삶이 변하기 시작한다. 그 이상한 만남은 결국 그를 세상과 다시 소통하게 만든다.

책을 한 문장 한 문장 번역하는 즐거움도 즐거움이지만, 더 큰 즐거움은 책을 덮었을 때 느낀 감동과 여운이었다. 아빠와의 이별, 엄마와의 갈등, 어느 순간 얽혀버린 사람들과의 관계 속에서 고민하는 루크. 세상과 담을 쌓고 살아가는 괴팍한 성격의 리틀 부인. 기억을 잃어버린 어린 소녀 발리. 그리고 아들과의 갈등에 고민하는 엄마와 엄마를 사랑하는 로저 아저씨까지. 등장하는 거의 모든 사람이 때로는 잔잔하게 때로는 격정적으로, 부딪히고 충돌하고 결국에는 부둥켜안는 과정을 지켜보며 독자는 자연스럽게 화해와 용서와 치유의 메시지를 받아들이게 된다.

타인과 세상과, 그리고 무엇보다 자기 자신과의 싸움에서 상처 입은 루크가 세상과 화해하고 더 나아가 다른 사람에게 치유의 손길을 건네는 과정은 매우 감동적이다. 타인의 아픔에 귀 기울이고, 두려움을 이기고 조금씩 마음을 열어가는 루크의 모습을 보면서 마치 하나의 심포니를 듣는 것 같았다.

어쩔 수 없이 상실과 갈등에 맞닥뜨릴 수밖에 없는 게 인생이지만, 진심을 보여줄 수 있는 작은 용기만 있다면 삶도 하나의 아름다운 심포니가 아닐까? 루크가 주변사람들에게 들려주는 반짝반짝한 곡들처럼 말이다.

그토록 사랑하고 그리워한 아버지의 영혼과 잠시 조우한 루크가 마지막에 한 말은 그래서 더 마음을 울린다.

"나무가 노래를 해. 다시 깨어나고 있어. 상처받았지만 치유될 거야."

나에게 따뜻한 위로와 용기를 건네주었던 이 책이 다른 이의 가슴에도 치유의 손길이 되어주기를 바란다.

김 은 경

나 에 게 만 들 리 는

별빛 칸타빌레 2

초판   1쇄 발행 2008년 2월 18일
26쇄 발행 2018년 5월 10일
개정판 1쇄 발행 2021년 2월 24일
2쇄 발행 2022년 4월 25일

지은이 팀 보울러
옮긴이 김은경
펴낸이 김선식

경영총괄 김은영
콘텐츠사업3팀장 이승환   **콘텐츠사업3팀** 김은하, 김한솔, 김정택
편집관리팀 조세현, 백설희   **저작권팀** 한승빈, 김재원, 이슬
마케팅본부장 권장규   **마케팅1팀** 최혜령, 오서영
미디어홍보본부장 정명찬   **홍보팀** 안지혜, 김은지, 박재연, 이소영, 김민정, 오수미
뉴미디어팀 허지호, 박지수, 임유나, 송희진, 홍수경
재무관리팀 하미선, 윤이경, 김재경, 오지영, 안혜선
인사총무팀 이우철, 김혜진
제작관리팀 박상민, 최완규, 이지우, 김소영, 김진경
물류관리팀 김형기, 김선진, 한유현, 민주홍, 전태환, 전태연, 양문현

펴낸곳 다산북스   **출판등록** 2005년 12월 23일 제313-2005-00277호
주소 경기도 파주시 회동길 490
전화 02-704-1724   **팩스** 02-703-2219   **이메일** dasanbooks@dasanbooks.com
홈페이지 www.dasan.group   **블로그** blog.naver.com/dasan_books
출력·인쇄 갑우문화사   **제본** 갑우문화사   **후가공** 갑우문화사

ISBN 979-11-306-3557-6 (43840)
       979-11-306-3572-9 (세트)